W0347045

Nina Stögmüller

Raunächte erzählen

Ein Lese- und Märchenbuch
über die zwölf heiligen Nächte im Jahr

Nina Stögmüller

Raunächte erzählen

Ein Lese- und Märchenbuch zu den zwölf heiligen Nächten im Jahr

Für Mama, Papa und Robert

Inhaltsverzeichnis

Raunächte erzählen

Es war einmal ... ein Märchenbuch, das wollte geschrieben werden.

Über die Raunächte gibt es (noch) nicht viel an Literatur, dafür umso mehr überliefertes Wissen, Bräuche, Rituale und Aberglauben. Ich habe mich intensiv mit der Thematik der Raunächte beschäftigt. Mein persönlicher Zugang ist ein sehr praktischer geworden. Ich möchte meinen Leserinnen und Lesern die Möglichkeit geben, diese besondere Zeit im Jahr individuell zu nutzen, um sich selbst eine kleine Auszeit zu gönnen. Zur Ruhe kommen: wann, wenn nicht in der Zeit am Ende des einen und am Beginn des anderen Jahres, wann, wenn nicht in den Raunächten?

Unsere „grauen“ Vorfahren hatten noch nicht die Möglichkeit, die kalte, dunkle Winterzeit mit Zentralheizung und elektrischem Licht zu verbringen. Überlebensängste plagten sie in dieser finsteren Zeit und alles kreiste rund um die Fragen: Wann wird es endlich wieder wärmer und heller? Wann werden die Tage wieder länger? Die Menschen waren den Naturgewalten ausgeliefert und versuchten mit allen Mitteln, Mutter Erde und Vater Himmel zu beschwören, um sie milde zu stimmen und sich selbst ein bisschen Hoffnung und Mut zu machen. In der Zeit der Raunächte entstanden dadurch viele Bräuche, Rituale und sehr viel Aberglaube. In meinem Buch möchte ich bewusst nicht zu stark auf den Aberglauben eingehen, da dieser oftmals mit Angst und Schrecken verbunden ist.

Ich habe versucht, die Zeit der Raunächte aus heutiger Sicht zu beleuchten. Das Wissen über die Raunächte in den Anfangskapiteln des Buches soll eine Vorstellung davon vermitteln, was man allgemein unter den Raunächten versteht. Jeder Raunacht ist außerdem ein eigenes Kapitel gewidmet und für jede Raunacht habe ich eigene Märchen verfasst. Dieses Buch soll einen ganz persönlichen Zugang zu den Raunächten ermöglichen. Wie können wir modernen Menschen heute noch von dieser Zeit profitieren?

Sich an der Natur zu orientieren, war noch nie verkehrt. Die Natur hält inne, sogar die Sonne steht für ein paar Tage scheinbar still. Wir können bewusst zurück- beziehungsweise abschalten. „Slow down“ unterm Christbaum – vielleicht bald schon ein neuer Trend?

In der Zeit der Raunächte ist die Zeitqualität eine ganz besondere. Diese Zeit wartet auf uns. Jahr für Jahr. Wenn wir versuchen, die Raunächte wieder bewusst(er) zu erleben, und dabei auf unsere Sehnsüchte, Wünsche und Träume achten, dann können kleine Wunder geschehen.

In der Ruhe liegt die Kraft – Kraft, um das alte Jahr noch einmal zu betrachten und sich auf das neue Jahr vorzubereiten. Eine Zeit zum Innehalten, für eine Bestandsaufnahme, einen Ausblick auf das Kommende. Neue Einsichten, Ideen, Lösungen, Visionen und Erkenntnisse kommen möglicherweise zum Vorschein und bereichern dadurch unser Leben.

Wir haben heute so viele Möglichkeiten, uns unterhalten zu lassen, und vergessen manchmal dabei das Einfachste: die Ruhephasen, die wir uns selbst gestatten sollten und die es uns erlauben, zu uns selbst zurückzufinden, zu unseren Wünschen, zu unseren Wurzeln und zu unseren Qualitäten.

Ich wünsche Ihnen eine wunderbare Zeit beim Lesen und viel Inspiration für Ihre ganz persönlichen Raunächte!

Ihre Nina Stögmüller

Einführung

Wenn die Tage kürzer werden und es draußen finster und kalt ist, dann zieht sich auch die Natur zurück. Sie hält still, sammelt ihre Kräfte in der Ruhephase des Winters, um schon bald wieder neu zu erwachen. Wir Menschen haben es verlernt, im Rhythmus der Natur zu leben. Der Advent heißt zwar die „Stille Zeit", doch werden diese Wochen meist umso hektischer gelebt, weil neben Beruf und Familie jetzt auch noch das Weihnachtsfest vor der Tür steht.

Vielleicht schaffen wir es nicht gerade vor Weihnachten, aber dafür nach dem Fest der Feste, einmal in uns zu gehen und die besondere Zeitqualität der Raunächte zu nutzen und zu erleben. Seit jeher gelten diese zwölf Nächte zwischen Weihnachten und Dreikönigstag als heilige Zeit, die für die Menschen besonders wertvoll ist.

Viele Menschen nehmen Urlaub zwischen Weihnachten und Neujahr, manchmal vielleicht sogar bis zum Dreikönigstag am 6. Jänner. Die freie Zeit kann sinnvoll dafür genutzt werden, um bewusst innezuhalten, Altes loszulassen und sich Neuem zu öffnen.

Jahresrückblick und Jahresvorschau sind in diesen Tagen eine gute Möglichkeit, das alte Jahr Revue passieren zu lassen und sich und die eigene Umgebung zum Beispiel durch Räuchern stimmungsvoll auf das neue Jahr vorzubereiten.

Von unseren Vorfahren wurden die Raunächte stets für Orakel genutzt. Die Tage und Nächte wurden zur Deutung des kommenden Jahres herangezogen. Die Menschen beobachteten das Wetter, ob es Streit gab, wer zu Besuch kam oder wie das Essen schmeckte. Es gibt auch die Vorstellung, dass die Träume der Raunächte im neuen Jahr in Erfüllung gehen. Jede Raunacht steht für einen „traumhaften" Monat im neuen Jahr.

Wie Sie dieses Buch verwenden können

Sie können dieses Buch einfach nur lesen.

Sie können dieses Buch lesen und sich inspirieren lassen.

Sie können dieses Buch lesen, sich inspirieren lassen, innehalten und die Zeitqualität der Raunächte für sich nutzen.

Sie können mit diesem Buch bewusst arbeiten. Jede Raunacht steht für einen Monat im neuen Jahr. Ihre Träume erlauben Ihnen möglicherweise einen Blick in das neue Jahr.

Aus alten Überlieferungen ist bekannt, dass in den Raunächten die Tore in die Traumwelt besonders weit offenstehen. Was wir in den Raunächten träumen, kann uns die Richtung für das kommende Jahr weisen und uns als Orientierungshilfe dienen. Auch wenn Sie nicht dazu neigen, sich Ihre Träume zu merken, können Sie die Zeitqualität der Raunächte nutzen, sich bewusst auf das neue Jahr einzustimmen. Lassen Sie sich auf die Raunächte ein, achten Sie auf Besonderheiten während dieser zwölf Nächte und elf Tage.

Die erste Raunacht beginnt in der Nacht vom 24. auf den 25. Dezember und dauert von Mitternacht bis Mitternacht. Sie steht für den Monat Jänner des kommenden Jahres, die zweite Raunacht betrifft den Februar und so fort. Sollten Sie Interesse an Raunachtsorakeln haben, empfehle ich Ihnen, ein Raunächtetagebuch zu führen. Schreiben Sie alles auf, was sich in den Raunächten ereignet, auch die kleinen Dinge können von Bedeutung sein. Gleichzeitig können Sie in Ihrem Raunächtetagebuch einen Jahresrückblick vornehmen und sich jeden Monat des vergangenen Jahres noch einmal bewusst machen: Was war gut, was war schlecht? Mit wem habe ich Zeit verbracht? War es ein schönes Jahr?

Vor dem Schlafengehen können Sie sich mit den Raunachtsmärchen auf eine „traumhafte“ Nacht einstimmen.

Machen wir es wie unsere Vorfahren, betrachten wir diese elf Tage und zwölf Nächte als heilige Zeit. Denn wenn wir uns bewusst auf die Raunächte einlassen, dann können wir in dieser Zeit Kraft und Energie tanken und uns damit besonders gut auf das bevorstehende Jahr vorbereiten.

Raunächte – viele Namen für eine besondere Zeit

Es gibt viele Namen für die Raunächte, wie zum Beispiel Zwölfnächte, Weihenächte, Glöckelnächte oder Rauchnächte.

Eine „haarige" Zeit

Die wörtliche Herkunft der Raunacht geht wohl auf die Bedeutung des mittelhochdeutschen Wortes „rüch" für „haarig" zurück. Das lässt auf die Tierfelle schließen, die in dieser Zeit bei Umzügen zur Vertreibung von bösen Geistern verwendet wurden und die uns von den Perchten bekannt sind. Das Wort „Rauware" ist in der Kürschnerei noch immer für Tierfelle gebräuchlich. Die Raunächte stehen weiters in Verbindung mit Ritualen rund um das Nutzvieh. Auch die Vorstellung der Verwandlung zwischen dem Tier- und Menschenreich wird in Zusammenhang mit der „haarigen" Bedeutung der Raunächte gebracht.

Die „raunenden" Nächte

Einen weiteren Bezug gibt es zu dem Wort „raunen". Deshalb werden die Raunächte auch als „Lostage" bezeichnet, denn „Losen" bedeutet genaues Hinhören. Die Lostage gaben Auskunft über die Ernte, das Wetter und den Jahresverlauf. Die raunenden Nächte weisen uns darauf hin, still zu werden in der Zeit um den Jahreswechsel und zu lauschen.

Rauchnächte

Die Raunächte lassen sich aber auch auf den Brauch des Räucherns zurückführen. Es wurden vor allem im ländlichen Bereich die Höfe und Stallungen geräuchert, um böse Geister abzuwenden und um Segen zu bitten.

Glöckelnächte

Der Begriff „Glöckelnächte" leitet sich vom Brauchtum des Glockenläutens während der Raunächte ab. Das Läuten der Kirchenglocken sollte das Böse fernhalten. Auch die Perchten sind mit Glocken und Schellen ausgestattet, um den Winter auszutreiben und den Frühling „einzuläuten".

Eine „raue" Zeit

Das Wort „rau" bedeutet auch, dass die Witterung zu dieser Zeit besonders unfreundlich sein kann. Winterstürme und eisige Kälte ließen die Menschen gerne in ihren Behausungen bleiben, um vor den Naturgewalten Schutz zu suchen.

Die Entstehung der Raunächte

Wo haben die Raunächte eigentlich ihren Ursprung? Wo kommen sie her?

Es ist anzunehmen, dass die Raunächte durch die Beobachtung des Jahreskreises der Erde entstanden sind. Die Menschen feierten seit jeher den magischen Zeitpunkt, wenn die längste Nacht des Jahres vorbei war und das Licht begann, sich wieder über die Dunkelheit zu erheben.

Schriftliche Aufzeichnungen gibt es kaum, das meiste Wissen rund um die Raunächte wurde mündlich tradiert. Überlieferungen zufolge haben die Raunächte germanische und keltische Wurzeln und bringen am Ende des Jahres das Sonnenjahr mit dem Mondjahr wieder in Einklang. Insgesamt kann man nicht mit Sicherheit sagen, wie lange die Tradition der Raunächte schon besteht.

Die Raunächte vereinen Mond- und Sonnenjahr

Die Erde bewegt sich in 365 Tagen um die Sonne. Der Mondumlauf um die Erde dauert nur 354 Tage. Zieht man das Mondjahr vom Sonnenjahr ab, bleiben genau elf Tage bzw. zwölf Nächte übrig: die Raunächte. Diese gleichen quasi den Unterschied zwischen dem Mondjahr und dem Sonnenjahr wieder aus. Im Volksmund ist diese Zeitdifferenz auch als „Zwölften" bekannt.

Viele Bräuche und Riten in den Raunächten galten als heidnisch. Jedoch konnten die christlichen Kirchenväter ihren Schäfchen die Gebräuche rund um die Raunächte nicht ganz abgewöhnen. Schon die Tatsache, dass mit Weihnachten eines der wichtigsten kirchlichen Feste in diese von jeher für die Menschen heilige Zeit fällt, zeigt, dass die Raunächte auch das Kirchenjahr prägen.

Vonseiten der Kirche wurden die Raunächte zwischen 25. Dezember und 6. Jänner anberaumt. Es gibt aber auch andere Berechnungssysteme, die die zwölf heiligen Nächte bereits am 21. Dezember, zur Zeit der Wintersonnenwende, beginnen lassen.

In den meisten Gegenden fangen die Raunächte aber in der Nacht vom 24. auf den 25. Dezember an. Diese Nacht wird vielerorts auch als „Mutternacht" bezeichnet. Die jahrtausendealten Wurzeln dieser heiligen Nacht gingen schließlich in die heutige Tradition der Christnacht über. In vorchristlicher Zeit hatte die Mutternacht vor allem mit der Muttergöttin Percht zu tun, die als Symbol des Kampfes zwischen Dunkelheit und Licht galt. Die am weitesten verbreitete Zeitspanne der Raunächte ist von der Nacht des 24. Dezember bis zum 6. Jänner, dem Dreikönigstag, der ursprünglich auch als „Perchttag“ bezeichnet wurde.

Mancherorts spricht man von vier Raunächten, von zwei „foasten“ (feisten) vom 24. auf den 25. Dezember sowie vom 5. auf den 6. Jänner – weiters von zwei „mageren“ vom 21. auf den 22. Dezember sowie vom 31. Dezember auf den 1. Jänner.

Es gibt keine wissenschaftlichen Belege für die Raunächte, aber viele verschiedene Überlieferungen, die die Zahl der Raunächte in verschiedenen Gebieten zwischen drei und zwölf variieren lassen. Die Raunächte bezeichnen jedoch immer die Übergangszeit, in der das alte Jahr ausklingt und das neue Jahr beginnt.

Zeit zum Innehalten

Egal ob die Raunächte bereits am 21. Dezember beginnen oder erst zu Weihnachten – jeder Mensch hat in dieser Zeit die Möglichkeit, zur Ruhe zu kommen und sich neu auszurichten, das alte Jahr noch einmal zu betrachten und einen Ausblick auf das kommende Jahr zu wagen. Grundsätzlich war es Brauch, in den Raunächten nur die nötigsten Arbeiten zu verrichten. In der Ruhe liegt die Kraft. Die Natur nutzt diese Bewegungslosigkeit, um sich auf das Frühjahr vorzubereiten. Auch wenn es so aussieht, als würde die Zeit stillstehen, passieren gerade in der „natürlichen“ Ruhephase der Erde die wichtigsten Vorbereitungen auf das neue Jahr. Die Pflanzen fangen langsam wieder an zu erwachen und zu keimen, und die Bäume sammeln Kraft, um bald wieder auszutreiben.

Wie die Raunächte auf die Welt kamen

Es war einmal ... ein Planet namens Erde. Die Natur der Erde war gut organisiert, alles lief nach einem harmonischen Plan. Bis zu dem Zeitpunkt, als die Menschen auf die Erde kamen. Irgendwie schafften sie es, immer wieder für Unordnung zu sorgen, sich selbst die Köpfe einzuschlagen und bei ihren Handlungen nicht an die Zukunft zu denken.

Ein besonders beherzter Engel wurde aus diesem Grund eines Tages beim lieben Gott vorstellig: „Allmächtiger, das kann nicht so weitergehen mit den Menschen auf der Erde! Sie haben einfach keine Ahnung, was sie tun. Sie leben gegen ihre Natur und zerstören sich und den wunderschönen Planeten! Was können wir nur dagegen unternehmen?"

Gott überlegte und hatte folgende Idee: „Mein lieber Engel, ich danke dir für deine Anregung! Ich glaube, mir ist da etwas eingefallen, wie wir den Menschen helfen können. Du weißt ja, in der Zeit zwischen dem Ende des alten und dem Anfang des neuen Jahres sind die Himmelsschleusen in Richtung Erde weiter geöffnet als sonst. Das ist die Zeit, in der die Erde gereinigt und auf das neue Jahr vorbereitet wird. Diese Zeit können auch die Menschen dafür nutzen, ihre Seelen zu reinigen und sich wieder neu zu orientieren. In dieser Zeit können sie eine Ahnung davon bekommen, worum es wirklich auf der Welt geht, in dieser heiligen Zeit können sie selbst wieder heil werden."

Der Engel war begeistert, als er hörte, dass rund um den Jahreswechsel noch mehr Engel, Feen und Elfen auf die Erde gesandt werden sollten, um mit den Menschen gemeinsam an ihrem Seelenheil zu arbeiten. Über Träume, Intuition und Bewusstsein sollten die Himmelswesen mit den Menschen in Verbindung treten und somit zu einer Verbesserung der Welt-Seelenlage beitragen.

Die Raunächte waren geboren – die Zeit, in der Himmel und Erde noch mehr miteinander in Verbindung stehen als sonst. Über die Jahrhunderte wurden die verschiedensten Bräuche und Riten überliefert, doch eines blieb immer gleich: Die spezielle Zeitqualität lädt alle Menschen dazu ein, diese besondere Zeit im Jahr auch besonders zu nutzen. Elf Tage und zwölf Nächte, die uns die Möglichkeit bieten, bewusst innezuhalten, Altes loszulassen, Neues zu erahnen und den persönlichen Lebensweg neu auszurichten. Die Raunächte sind die alljährlichen Weihnachtsgeschenke Gottes an die Menschheit. Es steht uns frei, diese Geschenke anzunehmen, sie auszupacken und die Inhalte sinnvoll für uns zu nutzen.

Brauchtum

Rund um die Raunächte haben sich viele Rituale und Bräuche entwickelt. Die Menschen haben seit jeher versucht, in dieser Zeit in die Zukunft zu schauen und sich gleichzeitig durch Ritualhandlungen vor bösen Geistern zu schützen.

Es gibt viele Raunachtsbräuche und Regeln, die vor allem mündlich überliefert wurden und dadurch lebendig geblieben sind. Das Verbot, über den Jahreswechsel Wäsche aufzuhängen, ist wohl eine der bekanntesten Raunachtsregeln. Die Raunächte waren auch immer eine Zeit, in der die (Spinn-)Räder stillstehen sollten. Und den Rädern sollten es auch die Menschen gleichtun. Einmal im Jahr stand das Nichtstun auf dem Programm - eine Zeit, in der nicht viel gearbeitet werden sollte.

Raunachtsgestalten

Die Mutter der Raunächte – Frau Percht

Eine der wichtigsten Figuren in der Zeit der Raunächte ist Frau Percht. Sie ist eine Urgestalt, die ursprünglich auch als Muttergöttin verehrt wurde. Frau Percht zieht in der gesamten Zeit der Raunächte durchs Land, um die Leute zu prüfen, zu belohnen, aber auch, um sie zu maßregeln. In der letzten Raunacht hat sie ihre hohe Zeit, weshalb die Raunacht vom 5. auf den 6. Jänner als „Perchtnacht" bezeichnet wird. In dieser Nacht geht Frau Percht besonders häufig um. Die Perchtnacht gilt auch als Abschluss der Raunächte.

Das Wort „Percht" leitet sich vom mittelhochdeutschen Wort „perath" ab, was so viel heißt wie „hell" oder „glänzend". Die Percht steht also wörtlich für „die Glänzende" und kann damit auch in Verbindung mit dem Fest des Lichts, der „Epiphanie" (Erscheinung des Herrn) am 6. Jänner gebracht werden. Das Wort „Epiphanie" kommt aus dem Altgriechischen und bedeutet „Erscheinung", die sichtbare Ankunft einer Gottheit. Schon im alten Ägypten war dieses Fest als Geburtstagsfest des Sonnengottes Aion bekannt. Der 6. Jänner wird auch als „Perchttag" bezeichnet.

Frau Percht hat viele Namen, die regional unterschiedlich sind. Im Ausseerland heißt sie zum Beispiel Berigl oder Pinggalpercht im Zillertal. In der Oststeiermark kommt das Rauweib, die Pudelfrau, Pudlmuatta,

Zamperin oder Sampa. Sampa, Stampa oder Zamperin sagt man auch in Niederösterreich. Das Burgenland kennt Frau Percht unter dem Namen Lutzl, Kärnten unter Bechtrababa oder einfach nur Baba. Berschtln bzw. Perschtln sagt man dagegen im Unterinntal.

Frau Berchta, Percht, Perath ... wahrscheinlich gibt es noch mehr Bezeichnungen für diese Raunachtsgestalt. Eine weitere „Verwandtschaft" besteht zwischen Frau Percht und Frau Holle, denn die beiden Figuren haben dieselben Wurzeln.

Die Frau Percht ist ein wichtiges Symbol der Raunächte und galt früher als die Muttergöttin schlechthin. Ein weiterer Name der Frau Percht, der den Aspekt der Muttergöttin besonders gut ausdrückt, ist „Bärmutter". Der Begriff spielt nicht nur auf die Bärin an, sondern vor allem auch auf die Gebärmutter. Frau Percht bringt Jahr für Jahr in den Raunächten das Licht zurück auf die Welt und wird auch als die „Gebärende des Lichts" bezeichnet.

Frau Percht steht für Leben und Tod – Hell und Dunkel – Licht und Schatten

Die Percht hat immer zwei Seiten, die schöne, Licht bringende Gestalt geht einher mit der dunklen, den Tod symbolisierenden Macht. Die Percht repräsentiert gleichsam Geburt und Tod als Erdkräfte und steht in den Raunächten für den Übergang, für den Wandel vom Alten zum Neuen. Veränderungen wurden von den Menschen seit jeher als bedrohlich empfunden, doch trägt jeder Umbruch auch eine Chance in sich.

Die Schönpercht und die Schiachpercht erwachsen ursprünglich aus derselben Figur. Die zwei Seiten der Frau Percht symbolisieren Hell und Dunkel, Licht und Schatten, Gut und Böse, das Schöne und das Hässliche. Frau Percht ist ganzheitlich, sie trägt die Aspekte des Lebens und des Sterbens in sich. Die schönen und hässlichen Masken der Perchtenumzüge versinnbildlichen dies und machen die uralten Wurzeln für uns Menschen heute noch sichtbar.

Frau Percht hat viele Gesichter

Frau Percht wird immer wieder als Seelenführerin bezeichnet. In ihrer Obhut befinden sich die Seelen der ungetauft gestorbenen Kinder. Aber auch als Schreckensgestalt ist Frau Percht bekannt.

Der kontrollierende Aspekt der Frau Percht hat einen tieferen Sinn: Sie kommt, um die Menschen zu prüfen, ob das alte Jahr gut abgeschlossen wurde und ob das neue Jahr gut angefangen hat, ob alles ins Reine gebracht wurde oder ob es noch „offene Rechnungen" aus dem Vorjahr gibt.

Viele Gruselgeschichten ranken sich um die Gestalt der Frau Percht. So gab es früher die Vorstellung, dass Frau Percht in den Raunächten in die Häuser kam, um nachzusehen, ob auch alles schön sauber und ordentlich war. Und wehe, sie fand Unordnung und Schmutz vor, dann schlitzte sie den schlampigen Hausfrauen den Bauch auf und stopfte ihnen den hauseigenen Unrat hinein.

So viel zu einem der vielen Schauermärchen der damaligen Zeit.

„Wenn du nicht brav bist, dann nimmt dich die Frau Percht in ihrem Buckelkorb mit!" So wurde die Figur der Frau Percht zunehmend dämonisiert und von ihren ursprünglichen Wurzeln weit entfernt. Die lichtvolle Glücksbringerin, die von den Menschen verehrt wurde, wurde immer mehr zur Schreckensgestalt verzerrt.

Bräuche rund um die Frau Percht

Perchtmilch

Ihren Höhepunkt erlebt Frau Percht in der Perchtnacht, in der Nacht vom 5. auf den 6. Jänner. Zu diesem Datum gibt es vielerorts eindrucksvolle Perchtenumzüge. Die Gestalten in wilden Masken und zotteligen Fellen sollen mithelfen, die dunkle Macht – den Winter – zu vertreiben und die Fruchtbarkeit – den Frühling – wieder ins Land zu holen.

Vielerorts wird in der Perchtnacht auf Bauernhöfen die „Perchtmilch" bereitgestellt. Am nächsten Tag, also am 6. Jänner, sollen die Bewohner und auch die Tiere des Hofes von dieser Milch trinken. Die Perchtmilch soll Segen und Fruchtbarkeit für das neue Jahr bringen. Heute wird diese Milch auch als „Dreikönigsmilch" bezeichnet.

Perchtensprung

Beim Brauch des Perchtensprungs treffen sich Frauen am Abend des 5. Jänner, um über ein offenes Feuer zu springen. Sinnbildlich verbrennen sie mit dem Perchtenfeuer alles Alte und Verbrauchte und drücken mit dem Sprung die Bereitschaft für Veränderung und Neues aus. Mit dem Perchtensprung bringen sie symbolisch neue Energien in ihr Leben. Frau Percht soll Kraft geben für das neue Jahr.

Perchtenbesuch

Am Abend des 5. Jänner zieht Frau Percht mit ihrem Gefolge, den Perchten, umher, um die Häuser der Menschen aufzusuchen. Nur die Frau Percht wird eingelassen, mit ihrem Besen kehrt sie das Unglück hinaus, begleitet von dem Spruch: „Glück hinein, Unglück hinaus, die Percht kommt ins Haus."

Perchten

Den Abschluss der Raunächte bildet in vielen ländlichen Gegenden der „Perchtenabend“ am 5. Jänner. Die Perchten sind das ungestüme Gefolge der Frau Percht und sollen mit ihrem wilden Gehabe böse Geister – und damit verbunden die Dunkelheit – vertreiben. Wichtige Hilfsmittel sind dabei große Kuhglocken, Schellen und Rasseln mit lautem Klang. Das wilde Treiben der Perchten galt seit jeher als Glücks- und Fruchtbarkeitsritual. Frau Percht dient auch als Namensgeberin für die Perchten.

Die Perchten-Verkleidungen

Perchten sind in Schaf- oder Ziegenfelle gekleidet, sie tragen Holzmasken aus Zirben- oder Lindenholz, auf denen Steinbock-, Ziegenbock- oder Widderhörner thronen. „Bewaffnet“ sind die Perchten mit einem Kuh- bzw. Pferdeschweif. Teilen die Perchten Schläge aus, so sollen diese Glück und Fruchtbarkeit bringen.

Die Masken der Perchten symbolisieren die Aspekte der Frau Percht. Sie stellen aber auch eine Verbindung zum Unbewussten her und dienen als Bindeglied zur Anderswelt. Perchtenumzüge sind lebendige Maskenbräuche, die nach wie vor sehr beliebt sind. Perchtenmasken kann man heute auch in Museen bewundern. Viele österreichische Heimatmuseen, wie zum Beispiel das Talmuseum in Rauris oder das Heimatmuseum in Altenmarkt im Pongau, widmen sich dem alten Brauchtum. Auch im steirischen Landschaftsmuseum Schloss Trautenfels und im Volkskundemuseum in Salzburg sind traditionelle Perchtenmasken ausgestellt.

Perchtenvielfalt

Schön- und Schiachpercht entspringen aus ein und derselben Figur und haben sich schließlich zu eigenen Gestalten verselbstständigt. Zu den Schönperchten zählen beispielsweise die Glöckler im Salzkammergut. Eine wichtige Figur bei Perchtenumzügen ist auch die Habergeiß, ein zweigeschlechtliches Fruchtbarkeitswesen, das man vor allem in Kärnten, Salzburg und der Steiermark antrifft.

Die Gestalten bei den Perchtenumzügen sind bunt und wurden mit der Zeit mit Faschingsgestalten vermischt. Im Tiroler Unterland darf zum Beispiel auch der Hanswurst bei den Perchtenumzügen nicht fehlen. Im Ennstal ist die Vogelpercht bekannt und in Salzburg treffen wir auf das Holzmandl, den Moosmann oder den Wurzelmann, die alle Erdsymbole darstellen. Die Schnabelpercht begegnet einem wieder in Salzburg und die Tresterer (Schönperchten) sind ebenfalls hier daheim.

Die Passen

Die Perchtenläufe spielen sich meist in „Passen" ab. So heißen die Gruppen, die als Perchten verkleidet laufen. Es gibt viele Brauchtumsgruppen in ganz Österreich, die ihre Kostüme selbst herstellen. Die ersten Perchtenumzüge fanden in Salzburg bereits vor 1850 statt. Die alten Traditionen des Perchtenlaufs erfuhren durch ihre tourismusfördernde Wirkung in den letzten Jahren einen massiven Aufschwung. Vielerorts sind Perchtenumzüge schon lange vor dem 5. Jänner anzutreffen, beliebt sind ihre Auftritte besonders bei Weihnachtsmärkten, also bereits vor den Raunächten.

Die Wilde Jagd

Ein Sinnbild, das für die Raunächte typisch ist, hat sich bis heute gehalten: die Wilde Jagd. Nach der Vorstellung unserer Vorfahren waren in den Raunächten die bösen Geister in wilden Horden unterwegs. Ein Heer nicht erlöster Seelen zog in den Raunächten umher, um die Bevölkerung zu erschrecken, aber auch, um sie zu prüfen. Die Wilde Jagd sorgte nämlich für Gerechtigkeit. Die wilden Wesen werden aber auch als Kraft- und Fruchtbarkeitstiere gesehen, die Frau Percht bei ihrem Himmelsritt begleiten. Bräuche, um die Wilde Jagd fernzuhalten, gab es viele. Der am weitesten verbreitete Brauch ist das Verbot, in den Raunächten weiße Wäsche aufzuhängen. Die Menschen glaubten, das Gefolge der Wilden Jagd würde die Wäschestücke mitnehmen, um im folgenden Jahr damit wiederzukommen und die weiße Wäsche als Leichentuch für ihre Besitzer zu verwenden. Selbst das Spannen von Wäscheleinen war verboten, denn auch darin konnte sich die Wilde Jagd verfangen. Der Brauch, in der Silvesternacht generell keine Wäsche – weder im Haus noch im Freien – aufzuhängen, hat sich in unseren Breiten bis heute gehalten und geht natürlich auch auf die Wilde Jagd zurück. Wichtig war es, noch vor den Raunächten für Ordnung und Sauberkeit im Haus zu sorgen, denn Unordnung und Schmutz ziehen die Wilde Jagd an, hieß es. Der traditionelle Weihnachtsputz hat wohl hier seine Wurzeln.

Die „Wilde Gjoad" im Salzburger Land

Im Salzburger Land gibt es im Gebiet des Untersbergs den Brauch, die Wilde Jagd nachzuspielen. Mitglieder einer Heimat- und Brauchtumsgruppe ziehen am zweiten Donnerstag im Advent verkleidet von Haus zu Haus und rufen: „Glück herein, Unglück heraus, es zieht die Wilde Gjoad ums Haus!" Angeführt von der Gestalt des Todes, zählen die Figuren Hexe, Habergeiß, Vorpercht, Moosweiberl, Rape, der Riese Abfalter, Saurüssel, Baumpercht, Bär, Bärentreiber und

Hahnengickerl zur Wilden Gjoad, die stets von Trommeln und Pfeifen begleitet wird.

Die drei Bethen und die Heiligen Drei Madln

Die drei Bethen Ambeth, Wilbeth und Borbeth haben keltische Wurzeln und stehen in engem Zusammenhang mit Frau Percht. Man könnte sie auch als Schicksalsgöttinnen und somit als Teile der Urmuttersymbolik bezeichnen. Die drei Bethen galten als gütige Frauen, die durch das Land zogen, Gaben verschenkten und gute Ratschläge erteilten. So wie die germanischen Nornen waren sie für das Schicksal der Menschen zuständig. Die Bethen sind auch als „Salige Frauen" sowie als „Kinder-" oder „Schicksalsfrauen" bekannt. Das Wort „salig" ist keltischen Ursprungs und bedeutet „Heil" oder „heilig". Die Heil bringenden drei Damen waren sozusagen die Vorgängerinnen der Heiligen Drei Könige und ebenso am 6. Jänner für die Haussegnung zuständig. Sie hinterließen ihre Kreidezeichen an Stall- und Haustüren in Form der Runen Kenaz, Berkana und Ehwaz, so wie heute noch die Heiligen Drei Könige ihre Zeichen mit den Buchstaben C + M + B anbringen. Diese Buchstabenfolge steht heute für Caspar, Melchior und Balthasar sowie für die lateinische Bedeutung „Christus Mansionem Benedicat" (= „Christus segne dieses Haus"). Die drei Buchstaben symbolisieren jedoch auch die Anfangsbuchstaben der „Heiligen Drei Madln" Katharina, Margaretha und Barbara.

Mit der Zeit ging das Brauchtum der drei Bethen auf die Anbetung der „Heiligen Drei Madln" über, die wiederum noch später von den Heiligen Drei Königen abgelöst wurden.

Die Nornen

Der Glaube an ein vorherbestimmtes Los war bei den Germanen weit verbreitet und es gab die Vorstellung, dass während der Raunächte die Schicksalsfäden der Menschen von den Nornen neu gesponnen würden. Sie werden auch als Schicksalsweberinnen bezeichnet, die mit ihren unsichtbaren Fäden das Schicksal der Menschen bestimmen. Das Los eines Menschen setzt sich aus den Fäden vergangener, gegenwärtiger und zukünftiger Taten zusammen. Urd ist die Norne der Vergangenheit, Verdandi die Norne der Gegenwart und Skuld die Norne der Zukunft. Gemeinsam sitzen sie am Fuß des Weltenbaumes Yggdrasil und weben an der Bestimmung der Menschheit. Yggdrasil ist in der nordischen Mythologie der Name der Esche, die in Form des Weltenbaumes sinnbildlich für das ganze Universum steht.

Bräuche, Orakel, Rituale

Wie könnte es anders sein? Sehr oft geht es bei den Orakeltechniken in den Raunächten um die Liebe. Wer wird nächstes Jahr heiraten? Wer wird mein Liebster sein? Orakel waren eine willkommene Abwechslung, um die langen Winterabende etwas spannender zu gestalten. Deswegen waren vor allem bei den Mägden auf den Bauernhöfen die Liebesorakel sehr beliebt. Folgende Liebesorakel wurden am Thomastag, dem 21. Dezember, praktiziert.

Liebesorakel am Thomastag

„Hehnerfanga"

Die Mägde des Hofes gingen zum Hühnerstall und griffen einzeln in die Hühnerschar. Wer dabei den Hahn erwischte, würde im darauffolgenden Jahr einen Mann finden, wer sich eine Henne griff, würde alleine bleiben.

„Apfelschalenwerfen"

Es war Brauch, in der Thomasnacht gesellig zusammenzukommen und dabei Äpfel, Nüsse und Kletzen (getrocknete Birnen) zu essen und Schnaps zu trinken. Die Mädchen schälten dabei ihren Apfel sehr sorgfältig und achteten darauf, dass die Schale nicht abriss. Danach nahmen sie die lange Schale und warfen sie über den Kopf auf den Boden. Der Buchstabe, den die Schale bildete, war der Anfangsbuchstabe des zukünftigen Liebsten.

„Hunderlanmelden"

Während des Gebetsläutens liefen alle ledigen Mädchen am Hof mit ihren Apfel- und Nussschalen ins Freie, warfen alles in die Luft und horchten. Aus der Gegend, aus der sie einen Hund bellen hörten, würde der Zukünftige kommen.

Bettstatt-Treten

Ein weiteres Heiratsorakel, das in der Thomasnacht am 21. Dezember sowie in der Andreasnacht (von 29. auf den 30. November) praktiziert wurde, ist das Aufsagen eines Sprüchleins, das dafür sorgen sollte, den „Zukünftigen" im Traum zu erblicken, bzw. würde sich das „Mannsbild" möglicherweise auch durch einen Blick ins Feuer oder in einen Spiegel zeigen. Mancherlei Rahmenhandlungen begleiten diesen Brauch. So wurde an diesem Abend zum Beispiel der Tisch für den noch unbekannten Geliebten mit eingedeckt. Vor dem Schlafengehen wurde der besondere Spruch aufgesagt, während die Mädchen oder Frauen auf ihrer Bettstatt herumtraten: „Bettstatt, i tritt di, heiliger Thomas, i bitt di, lass mir erscheinen den Herzallerliebsten meinen."

Weihnachtsorakel

Auf den Bauernhöfen waren Weihnachtsorakel früher weit verbreitet und sehr beliebt. So hieß es zum Beispiel, wenn die Frauen vom Hof zuerst von der Christmette heimkamen, dann gab es im Jahr darauf mehr Kuhkälber, kamen die Männer früher am Hof an, dann sollten es im neuen Jahr mehr Stierkälber sein.

Das Zukunfts-Ei

Vor dem Gang in die Mette schlug man ein Ei in eine Schale Wasser und stellte es unter das Bett. Kam man von der Mette nach Hause, dann sagte einem die Form, in der das Ei zerlaufen war, die Zukunft voraus.

Sprechende Tiere

Um die Mitternachtsstunde der Mettnacht beginnen die Ochsen zu reden, hieß es. Der Bauer sollte dann in den Stall „losen" gehen, denn er konnte von seinen Tieren etwas über die Zukunft erfahren. Beim „Losen" sollte man weder reden noch lachen, eben nur „losen", dann hörte man auch, was das nächste Jahr bringen würde.

Weihnachtsbräuche

Brotbrauch

Die Bäuerin schenkte zu Weihnachten jedem Mädchen am Hof – egal ob Tochter oder Magd – einen großen Laib Störi-Brot (besonderes Weißbrot, das es nur zu den Festtagen gibt). Am Nachmittag wurde der Laib aufgeschnitten, und dazu wurde jener Bursche eingeladen, dem das Mädchen seine Gunst geschenkt hatte.

Weihnachtsbaum – Baum des Lebens

Weihnachtsbräuche gibt es viele, der schönste und beliebteste Brauch ist wohl, sich einen Nadelbaum ins Haus oder in die Wohnung zu holen und ihn festlich zu schmücken. Der grüne Baum ist seit jeher ein Symbol für das Leben und verbindet uns mit der Natur. Ursprünglich wurde der Weihnachtsbaum noch im Freien geschmückt und mit Äpfeln (als Symbol für die Fruchtbarkeit) und Strohsternen (als Symbol für die Wiederkehr des Lichts) behängt.

Der Brauch, sich einen grünen Tannenbaum in die Wohnung zu holen, ist noch gar nicht so alt. Die Christbäume, wie wir sie heute kennen, kamen erstmals in der Biedermeierzeit „ins Haus". Eine Frau war es, die 1814 in Wien den ersten Baum aufstellte. Die Jüdin Fanny von Arnstein, Gattin des Bankiers Baron Nathan Arnstein, führte

diese neue Mode in ihrem Palais am Wiener Hohen Markt ein und landete damit einen Volltreffer. Der schicke neue Weihnachtsbrauch wurde vom Wiener Adel dankbar angenommen. Bald gehörte es auch in Bürgerhäusern zum guten Ton, zu Weihnachten einen Christbaum im Haus aufzustellen und diesen festlich zu schmücken. Schon ab 1830 gab es in Wien die ersten Christbaummärkte.

Tag der Unschuldigen Kinder

Der Tag der Unschuldigen Kinder ist der 28. Dezember und bezieht sich auf die Kinderermordung des Königs Herodes, nachdem er von der Geburt Jesu Christi erfahren hatte. Herodes ließ rund um Bethlehem alle neugeborenen Kinder bis zum Alter von zwei Jahren töten.

An diesem Tag gab es ab dem Mittelalter den Brauch der „verkehrten Welt“. Kinder und Erwachsene tauschten die Rollen und einmal im Jahr hatten die Kinder das Sagen.

In Teilen Österreichs (Kärnten, Steiermark, Burgenland) gibt es an diesem Tag noch heute den Glückwunsch- und Heischebrauch, dass Kinder von Haus zu Haus ziehen und Sprüche aufsagen, Glück wünschen oder die Erwachsenen mit Birkenruten oder Haselstauden „gesund schlagen“. Die kleinen Hausbesucher bekamen früher Weihnachtsbäckerei geschenkt und erhalten heute meistens einen kleinen Geldbetrag als Dank für ihre Bemühungen.

Alle Räder sollen stillstehen

Eine der überlieferten Raunachtsregeln besagt, dass alle Räder in jener besonderen Zeit ruhen sollen. Mit „Rädern“ waren vor allem die Spinnräder gemeint. Das Spinnen stellte eine typische Beschäftigung für den Winter dar. Es sollte nicht gesponnen, nicht gewebt, nicht gewaschen und nicht geputzt werden. Das Chaos bewegt sich in eine neue Ordnung, hieß es, das Schicksalsrad dreht sich. Aus diesem Grund sollten alle anderen Räder in den Raunächten stillstehen. Bei den Raunachtsbesuchen der Frau Percht wurde in den Häusern der Leute genau überprüft, ob das „Spinnverbot“ auch eingehalten wurde und die Menschen es den Rädern gleichtaten.

Räuchern

Einer der wichtigsten Raunachtsbräuche ist das Räuchern. Zu Jahresende wurden vor allem auf Bauernhöfen die Wohnräume und Stallungen geräuchert. Mit dem Räuchern wurde das alte Jahr verabschiedet und damit auch alles Schlechte, das sich im Lauf eines Jahres angesammelt hatte. Gleichzeitig bat man um Segen für das neue Jahr, um Glück und um reiche Ernte. Auch die Vorstellung, in den Raunächten Geister und Dämonen abzuwehren, veranlasste die Menschen zum Räuchern.

Räuchern ist auch heute noch ein beliebtes Raunachts-Brauchtum und kommt immer mehr in Mode. Mittlerweile ist das Angebot an Räucherstoffen und Räuchermischungen sehr groß. Früher wurde vor allem mit heimischen Kräutern wie Wacholder, Rosmarin, Salbei oder Thymian geräuchert. Auch Sandelholz, Fichte und Zeder kamen zum Einsatz. Die wohl beliebtesten und bekanntesten Räucherstoffe sind Weihrauch und Myrrhe.

Grundsätzlich wird in allen Raunächten geräuchert. Besonders gut wirken soll das Räuchern am 21., 24. und 31. Dezember sowie am 6. Jänner.

Räuchern, wie geht das?

Die Grundausstattung zum Räuchern besteht aus einem feuerfesten Gefäß, Sand, Zündhölzern oder Feuerzeug, Räucherzange, Räucherkohle und Räucherstoff.

Bereiten Sie ein feuerfestes Gefäß vor, das Sie mit Sand auffüllen. Halten Sie die Räucherkohle mit der Räucherzange (kann auch eine Zuckerzange aus Metall sein) fest und entzünden Sie die Kohle. Lassen Sie die Kohle kurz durchbrennen. Am besten ist, Sie zünden die Räucherkohle im Freien oder über einem Waschbecken an, denn beim Durchbrennen der Räucherkohle können Funken sprühen. Setzen Sie die Räucherkohle auf den Sand im feuerfesten Gefäß und warten Sie, bis die Kohle weiß wird. Geben Sie den Räucherstoff Ihrer Wahl in die Mitte der Räucherkohle und räuchern Sie damit Ihre gesamten Wohnräume. Während des Räucherns können Sie um Segen bitten. Nach dem Räuchern gut lüften! Vorsicht: Die Räucherkohle kann noch Stunden nachbrennen, deswegen immer gut – am besten wieder im Freien – auskühlen lassen oder mit Wasser ablöschen!

Weihrauch und Myrrhe

Weihrauch und Myrrhe sind uns bekannt als zwei der Geschenke der Heiligen Drei Könige für das Christuskind. Diese traditionellen Räucherstoffe haben seit jeher eine große Bedeutung, galten als göttliche Geschenke und wurden früher sogar mit Gold aufgewogen.

Weihrauch ist das Harz des Boswelliabaumes (ein Balsambaumgewächs), der vor allem in Arabien, Afrika und Indien heimisch ist. Durch das Anritzen der Rinde wird das Harz gewonnen. Seit alters her schrieb man Weihrauch eine Unheil abwendende Wirkung zu. Deshalb wurde er als wichtigster

Räucherstoff in den Raunächten zur Abwehr des Bösen eingesetzt. Er wirkt desinfizierend, entzündungshemmend und tötet Bakterien ab. Im sakralen Bereich wird Weihrauch heute noch bei Gottesdiensten zum Räuchern verwendet. Er gilt als Zeichen der Anbetung und Verehrung des Göttlichen und wird für kultische Zwecke gebraucht. Der zu Gott aufsteigende Rauch ist ein Zeichen des Gebetes.

Myrrhe ist ein Harz des Baumes *Commiphora myrrha*, ebenfalls ein Balsambaumgewächs, und kommt aus Nordostafrika und Südwestasien. Auch dieses Harz wird durch das Anritzen der Rinde gesammelt. Es tritt in flüssiger Form aus und erhärtet an der Luft. Um die Myrrhe ranken sich viele Legenden und Geschichten. Ihre Qualität ist betäubend, austrocknend und zusammenziehend, sie wirkt gegen Fäulnis und wurde bereits für die Einbalsamierung von Mumien in Ägypten verwendet. Die Myrrhe steht für Reinheit und Fruchtbarkeit.

Lärmbräuche

Die stillste Zeit im Jahr ist gleichzeitig auch die lauteste. Denn gerade in der Zeit rund um Weihnachten und in den Raunächten wird besonders viel „geschossen“, wie es umgangssprachlich heißt.

In der letzten Nacht des Jahres Lärm zu machen, gehört in vielen Teilen Europas zu den ältesten Bräuchen überhaupt. Ziel des Lärmens war es, böse Geister zu vertreiben. Schon die Germanen benutzten Peitschen, Rasseln und Dreschflegel, um Lärm zu erzeugen. Später waren es dann die Kirchenglocken, Pauken und Trompeten – Gewehre, Böller und Feuerwerk folgten.

Weihnachtsschützen

In Salzburg und Tirol wird von in Gruppen organisierten „Weihnachtsschützen“ auch schon am 24. Dezember geschossen. Am 31. Dezember und am 1. Jänner wird natürlich weitergeballert. Vor allem in und um Salzburg sind bereits am Nachmittag des Silvestertages die sogenannten Prangerschützen lautstark im Einsatz.

Aperschnalzen

Ein uralter Lärmbrauch ist das „Aperschnalzen“, das in Salzburg, Oberösterreich und Bayern verbreitet ist. Die Aperschnalzer knallen mit ihren langen Spezial-Peitschen, um den Winter auszutreiben. Mit dem Peitschenknallen sollen auch böse Dämonen vertrieben und gleichzeitig die schlafende Saat in der Erde geweckt werden. Nicht überall findet dieser Brauch aber zu den Raunächten statt.

Silvester und Neujahrstag

In Europa wurde der 1. Jänner erstmals ab dem 13. Jahrhundert als Neujahrstag erwähnt. Im Jahr 1691 führte schließlich Papst Innozenz XII. diesen Tag als offiziellen katholischen Feiertag ein.

Die Bezeichnung „Silvester" stammt vom gleichnamigen Papst Silvester I., dessen Gedenktag auf den 31. Jänner fällt. Papst Silvester I. (314–355) galt als Erbauer der ersten Petersbasilika. In der Zeit seines Pontifikats wurde das Christentum unter Kaiser Konstantin zur Staatsreligion. Der 1. Jänner wird im kirchlichen Kalender auch „Hochfest der Gottesmutter Maria" und „Namensgebung des Herrn" genannt.

Lebende Glücksbringer

Ein früher weit verbreiteter Heischebrauch war es, dass die Rauchfangkehrer zum Jahreswechsel als „Glückbringer" von Haus zu Haus gingen und so ihren Lebensunterhalt ein wenig aufbesserten. Was von diesem Brauchtum übrig blieb, ist vielleicht die nette Geste, Briefträgern und Müllabfuhrbediensteten zum Neujahr kleine Gaben, etwas Geld oder eine Flasche Wein als Dank für die geleisteten Arbeiten zu schenken.

Glücksbrauch

Im Familien- und Freundeskreis werden Glückbringer, gute Wünsche und Küsschen verteilt. Sich gegenseitig Glück und Segen zu wünschen, soll das Gute einladen und das Böse fernhalten. Glücksbringer in Form von Schweinchen, Kleeblättern, Fliegenpilzen und Rauchfangkehrern sind Ausdruck dieses „Glücksbrauchs" und ein einträgliches Geschäft für die Verkäufer.

Besonders gut für das Liebesglück im nächsten Jahr soll es übrigens sein, in der Silvesternacht rote Unterwäsche zu tragen.

Bleigießen als Orakeltechnik

Der Silvestertag ist ein guter Tag, um in die Zukunft zu blicken. Viele Orakeltechniken bieten sich an. Eine alte Tradition, sich selbst zukunftsweisende Glücksbringer zu gestalten, ist das Bleigießen am Silvesterabend. Das Blei wird über einer Kerze erhitzt, bis es flüssig ist. Durch das plötzliche Abkühlen im Wasser wird es schlagartig wieder fest. Diese Transformation verhilft dem Stückchen Blei zu seiner neuen Form, die man nun für sich deuten kann. Wer die Umwelt schonen möchte, nimmt statt Blei einfach Wachs.

Perath-Nacht

Den Abschluss der Raunächte bildet die Perath-Nacht vom 5. auf den 6. Jänner. Diese Nacht wird auch als „Perchtennacht" oder als „Nacht der Frau Percht" bezeichnet. Im Volksglauben wird diese Nacht „Nacht der Wunder" genannt und gilt gleichzeitig als „Kinder bringende" Nacht.

Der Wind um Mitternacht soll in dieser Nacht besonders heilig sein. Und Segen soll es bringen, wenn man um Mitternacht Fenster und Türen öffnet und den heiligen Wind in sein Heim lässt.

Dreikönigstag

Der 6. Jänner ist in unseren Breiten heute als Dreikönigstag bekannt. Ursprünglich war dieser Tag der Erscheinung des Herrn - der „Epiphanie" - gewidmet und galt als das offizielle Weihnachtsfest. Epiphanie kommt aus dem Altgriechischen und bedeutet „Erscheinung des Herrn". Für die orthodoxe Kirche ist dieser Tag heute noch der wichtigste Weihnachtsfeiertag, an dem Christi Geburt gefeiert wird. Mit der Zeit setzte sich jedoch immer mehr der Abend des 24. Dezember sowie der 25. Dezember als Termin des offiziellen Weihnachtsfestes durch. Schließlich kamen am 6. Jänner die Heiligen Drei Könige ins Spiel. Der Evangelist Matthäus bezeichnete sie als die „Magier aus dem Osten". Biblischen Angaben zufolge handelte es sich bei den Heiligen Drei Königen um Weise oder Astronomen. Sie brachten dem Jesuskind Weihrauch, Myrrhe und Gold als königliche Geschenke zur Verehrung des Gottessohnes.

Noch heute ziehen die Heiligen Drei Könige als Sternsinger durch die Lande. Jeder kennt die Zeichen C+M+B, die von den Sternsingern mit geweihter Kreide als Segenssymbol an die Haustüren angebracht werden. Die Buchstaben C+M+B symbolisieren nicht nur die Anfangsbuchstaben von Caspar, Melchior und Balthasar, sondern haben auch die lateinische Bedeutung „Christus Mansionem Benedicat" („Christus segne dieses Haus").

Heute geht die Sternsinger-Aktion (www.sternsingeraktion.at) von der katholischen Kirche aus. Seit dem Jahr 1954/55 sind Mädchen und Buben der Katholischen Jungschar rund um den 6. Jänner unterwegs, um für Projekte in den Entwicklungsländern Geld zu sammeln. Auch die Sternsinger gehen mit der Zeit, die Kreidezeichen C + M + B werden neuerdings von Aufklebern abgelöst.

Grundsätzlich ist der Brauch der Haussegnung uralt und wurde schon in vorchristlicher Zeit praktiziert.

Wintersonnenwende

21. Dezember

Die Wintersonnenwende: das neugeborene Licht

Die Wintersonnenwende ist für die Menschen schon seit langer Zeit eines der wichtigsten Naturphänomene im Jahreskreis. Jedes Jahr wurde das Licht um diese Zeit neugeboren. Die Wiedergeburt des Lichts wurde von den Menschen sehnlichst erhofft und erbeten. Lange bevor es Kalender und konkrete Zeitrechnungen gab, mussten die Menschen an vielen Orten der Welt in der finsteren Jahreszeit immer wieder aufs Neue hoffen, dass sich das Licht über die Dunkelheit erhebt und der Erde und den Menschen neue Kraft und Energie spendet.

Lichtsymbole finden sich in vielen Bräuchen rund um Weihnachten wieder. Mit dem Anzünden von Kerzen wollten die Menschen der Sonne bei ihrem Kampf gegen die Dunkelheit helfen. Jedes zusätzliche Licht spendet nicht nur Helligkeit und Wärme, sondern ist auch ein Symbol der Hoffnung.

Die Geburt des Lichts war und ist in vielen Kulturen der wichtigste Zeitpunkt im Jahreskreis der Erde, der auch gebührend gefeiert wird. Nicht zufällig wird unser christliches Weihnachtsfest in dieser Zeit begangen. Christus wurde zum Symbol des Lichts der Welt.

Egal welcher Kultur und welcher Herkunft das Fest des wiedergeborenen Lichts entspringt, es ist für uns Menschen ein Wendepunkt im Jahreskreis, der einen Aufwärtstrend einleitet. Die Tage werden wieder länger, das Licht hat es geschafft, die Dunkelheit zu besiegen, und so können auch wir Menschen dieses Naturphänomen bewusst erleben und wieder neue Hoffnung und Kraft für unser Leben schöpfen.

Die Sonne steht still

Eine Tatsache ist besonders spannend: Um die Wintersonnenwende am 21. Dezember steht die Sonne für einige Tage in der Deklination richtiggehend „still". „Deklination" ist die geografische Breite, in der die Sonne im Zenit steht. Durch den jahreszeitlichen Wechsel der Sonnendeklination entstehen die Jahreszeiten. Drei Tage vor und drei Tage nach dem 21. Dezember gibt es keine Bewegung in der Sonnendeklination. Dasselbe Phänomen beobachten wir zur Sommersonnenwende. Das ist auch der Grund, warum die Sonnenwenden im Lateinischen mit dem Namen „Solstitium" (= Stillstand der Sonne) bezeichnet wurden.

So wie man eine Maschine auch nur dann reparieren kann, wenn sie stillsteht, so können wir mit uns selbst am besten ins Reine kommen, wenn wir zur Ruhe kommen, wenn wir innehalten und in uns hineinhören. Die Tage am Ende des alten und am Anfang des neuen Jahres sind eine gute

Möglichkeit dafür. Machen wir es wie die Sonne und versuchen wir, eine Zeit lang „stillzustehen“.

Lichtsymbolik in der Gegenwart

Wir haben heute die technischen Möglichkeiten, auch in der dunklen Jahreszeit für ausreichend Licht zu sorgen. Wir können zu jeder Tages- und Nachtzeit das Licht einschalten. Trotzdem ist echtes Sonnenlicht mit nichts zu vergleichen. Versuchen wir auch in der dunklen Jahreszeit, so oft wie möglich das Tageslicht zu genießen. Das tut nicht nur unserer Psyche gut, sondern auch unserem Körper.

Doch auch Kerzen haben eine besondere Anziehungskraft auf Menschen. Unsere Augen erfreuen sich am warmen Schein und unsere Blicke werden vom flackernden Licht magisch angezogen. Kerzenlicht steht natürlich auch für Romantik. Das warme Licht schenkt eine Geborgenheit, die künstliches Licht einfach nicht zustande bringt.

Der lange Winter

Es war einmal ... vor langer, langer Zeit, da hatten die Menschen auf der Erde noch nicht die Möglichkeit, sich die langen, dunklen Winternächte mit künstlichem Licht zu erhellen, und sie konnten sich in den kalten Nächten auch nicht an der Heizung wärmen.

Jedes Jahr, wenn sich diese Zeit durch eine immer früher am Horizont verschwindende Sonne ankündigte, bekamen die Menschen Angst. Für viele der damaligen Erdenbewohner dauerte die kalte, finstere Zeit eine gefühlte Ewigkeit und es wurde ihnen nicht nur äußerlich, sondern auch in ihrem Inneren immer kälter und finsterer.

In einem Jahr herrschte ein besonders strenger Winter. Jede Nacht erfroren Menschen im Dorf. Alle hatten Hunger und große Angst, diesen Winter nicht zu überleben. Ein kleines Mädchen von gerade einmal vier Jahren fror gemeinsam mit seiner Familie in einer bescheidenen Hütte. Es war Mitte Dezember und die Schneedecke hatte das Dorf bereits seit über einem Monat fest im Griff. Die Vorräte wurden bereits jetzt knapp und Kerzen hatten sie schon lange nicht mehr.

Am Tag ging das Mädchen mit seiner Großmutter in den Wald, um Holz zu sammeln. Das Mädchen fragte die Großmutter, wie lange der Winter wohl noch dauern würde. Doch die alte Frau wusste es nicht und antwortete dem Mädchen: „Mein liebes Kind, frag mich nicht solche Sachen, frag den Mond und die Sterne, frag die Sonne, wenn sie sich zeigt, denn ich kann dir beim besten Willen keine Antwort geben."

Das Mädchen nahm den Rat der Großmutter natürlich sehr, sehr ernst. Vor dem Einschlafen stellte es seine Frage, wie lange der Winter denn noch andauern würde, der Sonne, dem Mond und den Sternen. Als die Himmelsgestirne die kindliche Frage vernahmen, waren sie zutiefst gerührt. Doch war es für sie nicht so einfach, mit den Menschen zu sprechen. Da kam die Sonne auf eine blendende Idee. Sie leitete die Frage des kleinen Mädchens an den Himmel weiter, und so geschah es, dass der liebe Gott einen Engel auf die Erde schickte, der dem Mädchen in einem Traum erschien.

Der Engel erklärte dem Mädchen, dass sich im Winter die Natur in das Innere der Erde zurückgezogen hatte, um sich von den Strapazen des alten Jahres so gut wie möglich erholen zu können. Die Schneedecke half dabei, dass sich die Erde wieder erneuern konnte. Der Engel machte dem Mädchen Mut, denn die Vorbereitungen für das neue Jahr liefen bereits auf Hochtouren. Bald würde es auch wieder mehr Helligkeit auf der Erde geben, denn das Licht des neuen Jahres stand kurz davor, neugeboren zu werden. Genau dann, wenn die Nacht am längsten und der Tag am kürzesten ist, steht auch die Geburt des Lichts ins Haus. Denn wenn der Winter beginnt, dann werden auch die Tage wieder länger. „Die Sonnenwende am 21. Dezember soll den Menschen für die restliche Zeit des Winters wieder Hoffnung geben", sagte der Engel.

Und so war es auch. Wenige Tage später, zur Zeit der Wintersonnenwende, begann sich das Blatt zu wenden, die Tage wurden wieder länger und die Menschen schöpften neue Hoffnung auf eine wärmere Zeit und eine freundlichere Natur.

So begibt es sich auch jede Nacht auf unserer Erde: Wenn die Nacht am dunkelsten ist, ist der erste Sonnenstrahl des neuen Tages am nächsten. Und so ist es auch im Leben. Wenn die Lage oft noch so aussichtslos erscheint, kann sich die Situation schon im nächsten Moment wieder wenden. Die Natur zeigt uns, dass Phasen der Dunkelheit zum Lebensplan der Erde gehören und dass es trotzdem oder gerade deswegen immer wieder licht wird.

➳ Das Gespräch mit der Sonne ➳

Es war einmal ... vor langer, langer Zeit, da wussten die Menschen noch nicht über den Jahreskreislauf der Erde Bescheid und waren jedes Jahr aufs Neue verunsichert, wenn die Tage kürzer und die Nächte immer länger wurden.

Da gab es einen kleinen Jungen, der immer alles genau wissen wollte, und so fragte er sich eines Tages, wo die Sonne hinging, wenn es dunkel wurde, und warum das jeden Tag ein bisschen früher geschah. Es war kurz vor der Wintersonnenwende, als der Junge beschloss, bis zum Horizont zu wandern, um die Sonne zu fragen, warum es so finster und kalt in seiner Heimat war.

So zog er eines Morgens los, der Sonne entgegen. Auch an diesem Tag wurde es schnell dunkel und der klirrend kalte Wind sauste dem Jungen um die Ohren. Er suchte Schutz unter einer Tanne im Wald und schlief – erschöpft von seiner langen Wanderung – sofort ein. Ohne Schutz wäre er in dieser kalten Winternacht ganz sicher erfroren, doch die Tanne, an deren Stamm er lag, hielt die Eiseskälte von ihm ab. Sie fand Gefallen an dem kleinen Menschen, der so vertrauensvoll auf ihren Wurzeln ruhte.

Am Morgen sprach die Tanne zu dem Jungen: „Du bist so ein liebes kleines Menschlein, möchtest du nicht bei mir bleiben? Ich wärme dich und gebe dir Schutz, bei mir bist du sicher!“ Doch der Junge hatte eine Mission, und die wollte er unbedingt erfüllen. Er erzählte der Tanne von seinem Beschluss, die Sonne zu besuchen und sie zu fragen, warum die Nächte so lang waren und die Tage so kurz.

Die Tanne lachte: „Wenn du die Sonne besuchen willst, dann wirst du wohl dein ganzes Leben lang unterwegs sein. Es sieht zwar so aus, als ob die Sonne jeden Tag den Horizont berühren würde, aber zu Fuß kannst du sie niemals erreichen.“

Der Junge war enttäuscht und wurde traurig. Das wollte die Tanne nicht. Um den Jungen aufzuheitern, machte sie einen Vorschlag: „Wenn du nicht geradeaus zur Sonne gelangen kannst, dann versuche es doch auf direktem Weg nach oben!“

„Ja, aber wie soll ich denn in den Himmel kommen, ohne dass ich vorher sterben muss?!“

Die Tanne schüttelte ihre Zweige: „Aber nein, sterben sollst du nicht, um in den Himmel zu kommen, da gibt es noch andere Möglichkeiten!“

„Willst du mir diese Möglichkeiten verraten?“, fragte der Junge neugierig.

Eigentlich durfte die Tanne nicht mit Menschenkindern sprechen, und die Geheimnisse zwischen Himmel und Erde durfte sie schon gar nicht ausplaudern. Doch sie war so angetan von dem kleinen Jungen, dass sie alle Vorschriften in den

Wind schlug und beschloss, ihm zu verraten, wo er die magischen Zauberbohnen finden konnte, mit deren Hilfe er in den Himmel gelangen würde.

Es gab im Wald einen alten Hasen, der diese Bohnen hütete. Zu ihm sollte der Junge gehen und folgenden Spruch aufsagen: „Bohnen grün, Bohnen blau, gib mir Bohnen ganz genau. Drei, nicht vier, drei, nicht zwei, sonst ist der Himmel einerlei."

Während der Junge den Hasen suchte, sagte er sich ständig das Sprüchlein vor, um es nur ja nicht zu vergessen. Er sagte es laut auf, um sich die Worte besser zu merken. Plötzlich stand der alte Hase vor ihm. Er war ziemlich groß und hatte eindrucksvolle Löffel. Zum Erstaunen des Jungen trug er eine Brille und sah ihn prüfend an.

„Warum kennst du den Zauberspruch?", fragte der alte Hase in einem ungemütlichen Tonfall. Auch er konnte sprechen, denn er war kein gewöhnlicher Hase, sondern ein Zauberer, der es sich angewohnt hatte, in Hasengestalt umherzuhoppeln.

Der Junge erzählte dem alten Hasen seine Geschichte und bat um die Zauberbohnen. Widerwillig rückte der Hase die Bohnen heraus – das war ihm gar nicht recht – doch er musste sich dem Zauberspruch beugen. Denn Zauber ist Zauber.

Nun hielt der Junge drei grüne und drei blaue Bohnen in Händen und wusste nicht, was er damit anfangen sollte. Der Hase war verschwunden und weit und breit war niemand zu sehen. So ging der Junge wieder zurück zu seiner neuen Waldfreundin, der Tanne, um sie um Rat zu fragen.

Diese wusste natürlich, wie der Junge mit den Zauberbohnen in den Himmel gelangen konnte. Er musste die Bohnen vergraben und kräftig gießen. Dann würde daraus eine Bohnenranke bis in den Himmel wachsen, auf der er nach oben klettern könnte. Doch es war Winter und der Boden war hart gefroren. Da fiel ihr noch eine andere Möglichkeit ein, um mithilfe der Zauberbohnen die Sonne zu besuchen. Der Junge konnte die Bohnen schlucken und würde dann selbst in den Himmel wachsen. Als er das hörte, schlotterten dem Jungen die Knie, doch die Tanne beruhigte ihn: „Hab keine Angst! Die Wirkung der Bohnen hält nur so lange an, wie die Sonne scheint. Du musst dich beeilen, wenn du noch heute die Frau Sonne im Himmel treffen möchtest!"

Der Junge nahm seinen ganzen Mut zusammen und schluckte die Zauberbohnen hinunter – zuerst die grünen und dann die blauen. Nichts passierte. Plötzlich bekam der Junge einen Schluckauf. Mit jedem „Hicks" wurde er größer und größer. Er wuchs in den Himmel hinauf und konnte bald schon über der Wolkendecke die liebe Frau Sonne sehen. Die Sonne war sehr überrascht über diesen ungewöhnlichen menschlichen Besuch in Riesengestalt.

„Frau Sonne, ich bin gekommen, um dich etwas Wichtiges zu fragen! Die Tage werden immer kürzer und die Nächte immer länger, wird es bald gar nicht mehr hell sein auf der Erde? Wird bald nur noch Dunkelheit herrschen? Meine kleine Schwester fürchtet sich im Dunkeln und macht sich große Sorgen, dass du uns verlässt und irgendwann gar nicht mehr kommst, und dass es auf einmal für immer dunkel sein wird auf der Erde“, schüttete der Junge der Sonne sein Herz aus.

Der strahlende Himmelskörper war von dem Anliegen des Jungen bewegt und antwortete: „Mein lieber Junge, du musst dir keine Sorgen machen, ich verlasse euch nicht. Es ist nur so, dass ich im Winter auf der anderen Seite der Erdkugel für den Sommer sorge und deswegen nicht so lange für euch scheinen kann. Mein Auftrag ist es, der ganzen Welt Licht zu spenden. Glaub mir, ich komme morgen wieder, und in ein paar Tagen geht es auch bei euch wieder aufwärts mit dem Licht. Die Tage werden wieder länger und die Nächte kürzer. Und bald zieht wieder der Frühling ins Land und bringt mit seinen neuen Energien die Fruchtbarkeit zurück. Geh nach Hause und sag deiner Schwester, sie braucht sich auch im Dunkeln nicht zu fürchten. Ich bin immer für euch da, selbst wenn ihr mich gerade einmal nicht sehen könnt. Dann scheine ich für eure Brüder und Schwestern auf der anderen Seite der Erde. Für heute ist meine Zeit gekommen. Ich muss auf der einen Seite untergehen, um auf der anderen aufzugehen. Doch wie gesagt, ich komme immer wieder, ganz bestimmt!“

Die Sonne verabschiedete sich und der Junge schrumpfte langsam wieder zu seiner normalen Größe zusammen. Die Tanne hatte die Wahrheit gesagt, die Zauberbohnen hatten ihn zur Sonne gebracht. Der Junge umarmte die Tanne und dankte ihr von ganzem Herzen. Und er versprach wiederzukommen, um seine neue Freundin im Wald zu besuchen.

So stapfte er in der Dunkelheit voller Freude und Dankbarkeit heim und konnte es gar nicht erwarten, seiner kleinen Schwester vom Gespräch mit der Sonne zu erzählen. Die Mutter hatte sich schon Sorgen gemacht. Mitten im Winter war der Junge ausgezogen, um die Sonne zu treffen – was für eine verrückte Idee! Doch als er jetzt zu Hause von seinen Erlebnissen erzählte, staunte die ganze Familie. Die guten Neuigkeiten von der Sonne verbreiteten sich schnell im Dorf. Der kleine Junge galt von diesem Tag an als großer Held, denn er hatte recht mit dem, was er sagte, und die Sonnenstunden wurden schon bald wieder mehr.

Die kleine Schwester war stolz auf ihren großen Bruder. Und immer dann, wenn die Angst im Dunkeln sie wieder packte, dachte sie an die Sonne, wie sie gerade auf der anderen Seite der Welt schien, und dass es nie ganz dunkel war auf der Erde.

Gemeinsam besuchten Bruder und Schwester im nächsten Winter die Tanne im Wald und schmückten den guten Baum zum Dank mit bunten Wollfäden und Strohsternen, die sie gebastelt hatten.

Die Tanne und der Junge pflegten zeit ihres Lebens eine wunderbare Freundschaft. Der Junge wurde zu einem erwachsenen Mann und musste die Erde früher verlassen als die Tanne. Doch auch noch seine Nachkommen gingen jedes Jahr rund um die Wintersonnenwende in den Wald, um den Nadelbaum liebevoll zu schmücken.

Die Lichthelferin

Es war einmal ... kurz vor Weihnachten, um die Zeit der Wintersonnenwende. Die Sonnenstunden waren rar, die Dunkelheit gar übermächtig. Jeden Tag trat die Sonne erneut gegen das Dunkel der langen Winternächte an. Es schien, als ob sie ihren Kampf nicht gewinnen könnte, die Nächte wurden immer länger und an manchen Tagen, so hatte es den Anschein, wurde es gar nicht richtig hell.

Ein kleines mutiges Mädchen wollte der Sonne bei ihrem Kampf gegen die Dunkelheit helfen und stellte jeden Abend eine brennende Kerze in die dunkle Nacht. Damals gab es noch kein elektrisches Licht, und die Mutter schimpfte das Mädchen aus, als sie bemerkte, dass es fast schon den ganzen Kerzenvorrat aufgebraucht hatte und so die Familie an den kommenden Winterabenden im Dunkeln sitzen würde. Nur noch eine Kerze war übrig, und auch diese kleine Lichtspenderin verwendete das Mädchen heimlich, um die Sonne mit ein bisschen Licht von der Erde aus zu unterstützen.

Die liebevollen Bemühungen des Mädchens blieben nicht unbemerkt. Die Sonne freute sich sehr, als sie sah, dass das Mädchen sogar die letzte Kerze für sie geopfert hatte. Und wirklich, die Unterstützung hatte geholfen! Die Tage wurden wieder länger und die Sonne konnte ihren Kampf gegen die Dunkelheit doch noch gewinnen.

Als Dank für die Hilfe bekam das Mädchen von der Sonne die Gabe geschenkt, von innen heraus zu strahlen. Dieses Mädchen hatte die Sonne im Herzen und verstand es, auch andere Menschen zum Strahlen zu bringen.

Die liebe Sonne achtete zeit ihres Scheinens ganz besonders auf dieses Mädchen, das selbst in der dunkelsten Nacht die Hoffnung nicht aufgab und durch seinen kleinen persönlichen Beitrag mitgeholfen hatte, die Finsternis zu überwinden.

Die erste Raunacht erzählt.

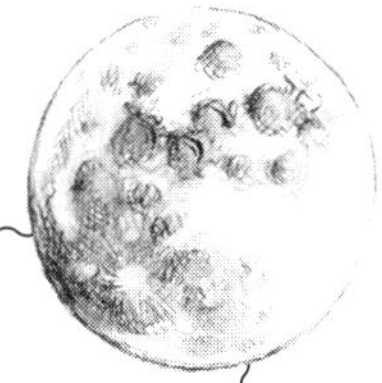

Erste Raunacht: 24./25. Dezember, Weihnachten
Traummonat: Jänner
Was kann ich tun: feierlich loslassen (schenken) und annehmen (beschenkt werden)

Vom 24. auf den 25. Dezember beginnt die erste Raunacht. Es handelt sich um eine geweihte Nacht, eine heilige Nacht. Es ist Weihnachten, die Nacht der Ankunft, die Nacht des Lichts, die Nacht der Familien und der Kinder, die Nacht des Gebens und des Nehmens. Es ist eine Nacht zum Feiern, in der wir gemeinsam die Geburt des Lichts zelebrieren.

Die meisten Menschen verbringen Weihnachten im Kreis ihrer Familie. Die erste Raunacht bietet eine gute Gelegenheit, sich die Frage zu stellen: Was möchte ich in meiner Familie ändern? Wem möchte ich mehr Zeit schenken? Wo möchte ich vielleicht mehr auf mich selbst achten?

Für viele Menschen ist Weihnachten ganz und gar nicht positiv besetzt und bedeutet Stress pur! Die Weihnachtsvorbereitungen sind bis zur letzten Minute voll im Gang, die Geschenke belasten Geldbörse und Nervenkostüm. Wem schenke ich was? Freut sich derjenige oder diejenige überhaupt darüber? Wenn sich die Menschen zu Weihnachten eine stressfreie Zeit schenken, ist das wohl das größte Geschenk! Aber mal ehrlich, echte Geschenke sind natürlich auch immer wieder spannend und schön, vor allem für Kinder.

Fangen Sie heute mit Ihrer „Buchführung“ an. Das Raunächtetagebuch hilft dabei, sich selbst auf die Schliche zu kommen: Wie könnte ich nächstes Jahr Weihnachten entspannter gestalten? Notieren Sie in Ihrem Tagebuch auch Ihre Träume. Am besten, Sie legen Ihre raunächtliche Mitschrift neben das Bett, dann können Sie gleich nach dem Aufwachen Ihre Träume niederschreiben. Was Sie heute Nacht träumen, das betrifft den Monat Jänner im kommenden Jahr. Sie können das Raunächtetagebuch auch für einen monatsbezogenen Jahresrückblick nutzen.

Das perfekte Weihnachtsgeschenk

Es war einmal ... eine Frau namens Edeltraud, die wollte ihrem Mann ein perfektes Weihnachtsgeschenk machen. Schon Anfang November begann sie ihre Suche. Nichts war gut genug für ihren Mann. Mit einer Krawatte war er nicht zu begeistern. Socken und Hemden – ziemlich fad, und einen Anzug konnte er sich schließlich auch selbst kaufen. Nein, es sollte dieses Jahr etwas sein, das wirklich perfekt war. Ein Geschenk, das ihn, wenn er es auspackte, zum Jubilieren brachte!

Nachdem die liebe Edeltraud bis Mitte Dezember alle Geschäfte der Stadt abgeklappert hatte, war ihr letzter Ausweg nur noch das Internet. Sie googelte „das perfekte Geschenk" ... und siehe da, sie kam auf eine Homepage mit genau dem gesuchten Wortlaut.

Als Edeltraud sich etwas näher mit der „Perfekten-Geschenk-Internetseite" befasste, stellte sie fest, dass man lediglich das Geburtsdatum und den Namen der zu beschenkenden Person eintragen musste, um dann postwendend, garantiert einen Tag vor Weihnachten, das perfekte Geschenk zugestellt zu bekommen.

„Das war einfach", dachte Edeltraud. Doch da gab es noch einen kleinen preislichen Haken. Das perfekte Geschenk kostete nämlich heiße 500 Euro. Es gab weder Sonderangebote noch eine Luxusedition, nein, das perfekte Geschenk kostete für jeden Mann und für jede Frau gleich viel. Und da es sich um Onlineshopping handelte, konnte Edeltraud jetzt auch nicht zu feilschen beginnen. Von der Höhe des Preises irritiert, beschloss sie, „das perfekte Geschenk" erneut zu googeln, um Erfahrungswerte von anderen Käufern in Erfahrung zu bringen. Im Internetforum „Weihnachten einmal anders" entdeckte sie schließlich zwei Beiträge.

„‚Das perfekte Geschenk' kann ich nur empfehlen. Habe es im Vorjahr meiner Frau geschenkt, es war eine Kreuzfahrt für zwei Personen, ich hatte also auch noch meinen Spaß daran!", schrieb Erwin aus Graz.

„War eine tolle Sache, ‚das perfekte Geschenk'! Konnte mit meinem Mann einen super Skiurlaub um nur 500 Euro im Salzburger Land verbringen!", so Karin aus dem oberösterreichischen Niederneukirchen.

Die Einträge klangen für Edeltraud ganz vernünftig. Das musste wohl ein Reiseveranstalter sein, dachte sie, gab vertrauensvoll die Daten ihres Mannes ein und war rundherum glücklich, das perfekte Geschenk für ihren Heinz-Georg gefunden zu haben. Ein bisschen neugierig war sie aber schon, als drei Tage vor Weihnachten DAS Geschenk geliefert wurde. Was da jetzt wohl drin war? Im Internet stand, dass das „perfekte Geschenk" nur von einer einzigen Person ausgepackt werden durfte, und das war in Edeltrauds Fall ihr lieber Mann Heinz-Georg. Der Weihnachtsabend nahte und Edeltrauds Neugierde wuchs und wuchs.

Heuer sollte Weihnachten perfekt werden, inklusive einem perfekten Geschenk! Dieses Geschenk-Päckchen war relativ klein. „Wenn es sich um einen Reisegutschein handelt, dann wird das schon in Ordnung sein ...", dachte Edeltraud zu ihrer vorweihnachtlichen Selbstberuhigung.

Das Weihnachtsessen schmeckte köstlich. Auf den Servietten tummelten sich lustige Weihnachtsengerl und die Nachspeise duftete herrlich nach Zimt. Die Kerzen brannten am Baum, die Sternspritzer taten ihr Bestes und das Lied „Stille Nacht, Heilige Nacht" wurde von Edeltraud und Heinz-Georg perfekt intoniert.

Endlich war es soweit, die Bescherung! Für ihre perfekte Frisur bekam Edeltraud von Heinz-Georg wie jedes Jahr einen Friseurgutschein in schwindelnder Eurohöhe geschenkt, doch jetzt war sie an der Reihe und überreichte endlich ihr „perfektes Geschenk".

Oh Gott, wie war das aufregend! Wo würde die gemeinsame perfekte Reise hinführen? ... Vielleicht ein Wellnessurlaub, Heinz-Georg war ja immer so gestresst, da würde ihm ein bisschen Ruhe gut tun ... Während Edeltraud so vor sich hin träumte, packte Heinz-Georg – ohne es zu ahnen – sein perfektes Geschenk aus.

Seine Augen strahlten, als er das kleine Päckchen aus dem bunten Sternenpapier befreit hatte. Er hielt ein Päckchen Canasta-Karten in Händen und freute sich wie ein kleines Kind! „Edeltraud! Du hast mir das perfekte Geschenk gemacht!", jubilierte er.

Er umarmte seine fassungslose Frau und gab ihr einen wirklich ernst gemeinten Kuss.

Die noch immer verdatterte Edeltraud war doppelt enttäuscht. Erstens keine Reise und zweitens 500 Euro in den Sand gesetzt. Für sie war das perfekte Geschenk ein perfekter Reinfall!

Sie suchte Trost in einer halben Flasche Rotwein und einem kitschigen Weihnachtsfilm im Fernsehen.

„Jetzt wirst du aber nicht fernsehen!", protestierte Heinz-Georg, der sonst immer der Erste war, der an Weihnachten den Fernseher einschaltete. Er überredete Edeltraud zu einer Partie Canasta, seinem Lieblingskartenspiel, das er schon als Kind mit seinen Großeltern gespielt hatte. Irgendwie war das Kartenspielen bei ihm in Vergessenheit geraten und heute, als er dieses Geschenk in Händen hielt, wusste er, dass er noch am selben Abend Karten spielen wollte, und zwar mit seiner Edeltraud! Heinz-Georg erklärte ihr das Spiel und schon ging es los. Edeltraud, nicht sehr erfreut, spielte anfangs nur widerwillig mit. „Was soll's", dachte sie aber nach einer kurzen Weile, „immerhin mache ich ihm eine echte Freude damit."

Mit der Zeit wurde auch Edeltraud von der Spielleidenschaft gepackt, und die Eheleute spielten bis in die Nacht hinein Karten.

Noch nie hatten sie so einen lustigen Weihnachtsabend miteinander verbracht, schon lange war nicht mehr so viel Nähe da, so viel Interesse aneinander, am gemeinsamen Spiel. Mit jeder Partie wurde Edeltraud klarer, dass dieses Kartendeck ein viel, viel besseres Geschenk war, als es jede noch so tolle Reise hätte sein können. Und sie erkannte schließlich, dass sie auch selbst vom perfekten Geschenk ihres Mannes profitierte.

Und wenn sie nicht gestorben sind, dann spielen Heinz-Georg und Edeltraud noch heute Karten und erinnern sich an das perfekte Weihnachtsfest, an dem ihr gemeinsames Leben neu begann.

Die vertauschten Geschenke

Es war einmal ... ein ganz normaler Weihnachtsabend in einer ganz normalen Familie. Alle waren da: Oma, Opa, Mama, Papa, zwei Kinder. Und natürlich Geschenke. Standardgeschenke. Doch an diesem besonderen Weihnachtsabend hatte ein ganz besonderer Weihnachtswichtel die Adresse dieser Familie zugeordnet bekommen: Wichtel Edeke – ein sehr ehrgeiziges Wichtelkind und noch dazu ziemlich gewitzt und kreativ. Kein Weihnachtsauftrag war ihm zu schwierig, kein Kinderwunsch zu ausgefallen.

Nur zur Erklärung: Jeder Haushalt bekommt zu Weihnachten Besuch von einem Weihnachtswichtel. Natürlich kann man diese Wichtel nicht sehen, doch oft sind sie ganz hilfreich, greifen ein, wenn zu Weihnachten ein Streit zu eskalieren droht, sorgen für Stimmung, wenn es zu fad wird, oder helfen vielleicht schon im Weihnachts-Vorfeld mit, ein Geschenk in letzter Minute zu finden.

Wichtel Edeke war dieses Weihnachten also bei den Meiers eingeteilt. Es war sein erstes Weihnachten bei den Menschen und er wollte sich für die Familie Meier etwas ganz Besonderes einfallen lassen.

Im großen Weihnachtswichtelbuch stand geschrieben:

Familie Meier

Ziemlich normale Familie. Zu Weihnachten ist es immer etwas fad bei den Meiers. Die Erwachsenen bekommen meistens dieselben Sachen geschenkt. Keine besonderen Vorkommnisse. Einmal verbrannte ein Christstollen in der Vorweihnachtszeit, das wurde von Mutter Erna jedoch nicht bekannt gegeben.

Auch heuer drohte es wieder ein sehr langweiliges Weihnachtsfest bei den Meiers zu werden. Wie jedes Jahr gab es eine kalte Platte und als Nachspeise Christstollen und Kekse, dazu koffeinfreien Kaffee, für die Kinder Kakao.

Die Geschenke lagen schon unterm Weihnachtsbaum und die Familie Meier war bereit für die Bescherung. Da kam Wichtel Edeke die rettende Idee! Mit seinen Wichtelkräften vertauschte er einfach die Geschenke und wartete gespannt auf die Reaktionen der Meiers.

Die Kinder durften ihre Geschenke zuerst auspacken. Das siebenjährige Gretchen staunte nicht schlecht über Stofftaschentücher mit Monogramm. Nur, dass das Monogramm ein „K“ darstellte, (für Oma Klara) und kein „G“ für Gretchen. Doch Gretchen freute sich trotzdem sehr über die Stofftaschentücher. Endlich hatte sie ein Tischtuch-Set für ihren Barbie-Haushalt, und wem die Tischtücher gehörten, war natürlich auch ganz klar, Barbies Mann Ken! Dieser würde sich sicher auch sehr freuen über neue Tischwäsche mit seinem persönlichen Monogramm.

Die erwachsenen Meiers waren alle so mit sich selbst beschäftigt, dass es ihnen gar nicht auffiel, wie Gretchen mit ihrem Geschenk ins Kinderzimmer zum Spielen abbog.

Nun war der zehnjährige Bernhard an der Reihe. Sein Geschenk war auch ein bisschen eigenartig. Ein weißes, fein gestreiftes Nachthemd mit ziemlich langen Ärmeln oder war es doch ein Longshirt? Besser nicht nachfragen, dachte er. Auch er verzog sich schnell in sein Zimmer, probierte das coole neue Kleidungsstück an, krempelte die Ärmel hoch und fand, dass ihm das Ding ziemlich gut stand.

Mama Erna packte als Nächste aus. Ein Plüschtier. Oh, wie nett, dachte sie, schon lange hatte sie kein Plüschtier mehr geschenkt bekommen, und es sich zu wünschen, traute sie sich auch nicht, sie war ja kein Kind mehr. Der Teddy, den sie jetzt im Arm hielt, erinnerte sie doch sehr an ihren Plüschbären aus der Kinderzeit. So ein schönes Geschenk!

Opa Franz fand eine riesige Schachtel Pralinen für sich unter dem Christbaum und strahlte über das ganze Gesicht! Schon lange durfte er keine Süßigkeiten mehr essen, doch heute würde er wohl eine Ausnahme machen!

Oma Klara war an der Reihe. Sie packte ein Malbuch aus und strahlte ebenso. Das Malen war ihr früher eine große Freude gewesen, doch mit ihren zittrigen Händen hatte sie sich schon lange nicht mehr getraut. Mit den vorgezeichneten Motiven würde ihr das Malen nicht mehr schwerfallen, und Buntstifte waren auch noch dabei!

Auch Papa Gerhard wickelte nun sein Paket aus und konnte sein Glück kaum fassen. Eine Carrera-Rennbahn! Der Traum seiner Kindertage wurde endlich wahr! Sofort wurde die Rennbahn aufgebaut und mit dem Spielen begonnen. Sohn Bernhard durfte natürlich mitspielen, sein neues Longshirt trug er dabei mit Stolz.

Wichtel Edeke hatte ganze Arbeit geleistet, denn alle Familienmitglieder hatten eine große Freude mit ihren Geschenken. Natürlich wissen Wichtel besser über uns Bescheid, als wir denken, denn wie sonst hätte er ahnen können, wer mit welchem Geschenk am meisten Freude hätte.

Auf alle Fälle bekam Wichtel Edeke von seiner Wichtellehrerin ein dickes, fettes Plus im Weihnachtsbuch eingetragen. Und die Familie Meier sprach noch lange über dieses Weihnachten mit den seltsamen Geschenken, jedoch kam keiner auf die Idee, die Geschenke zu tauschen, jeder fühlte sich reich beschenkt und war überglücklich über die unüblichen Geschenkideen.

Der krumme Tannenbaum

Es war einmal ... auf einem Christbaummarkt in der Stadt. Da standen viele kleine Nadelbäume und warteten darauf, als Weihnachtsbaum von einem Menschen mit nach Hause genommen zu werden.

Die stolzen Nordmanntannen konnten es kaum erwarten, in einem Wohnzimmer aufgestellt zu werden und dort in voller Pracht zu erstrahlen. Die Fichten waren etwas bescheidener, doch träumten sie auch ihre traditionellen Christbaumträume, voll von Lametta und Engelshaar. Siegessicher, bis zum Heiligen Abend noch einen stolzen Besitzer zu finden, standen die überzüchteten Bäumchen da und spreizten die Nadeln, um so buschig und dicht wie möglich zu wirken.

Nur ein Baum war nicht so ganz davon überzeugt, dass ihn je jemand mit nach Hause nehmen würde. Er war krumm gewachsen und sah ein bisschen anders aus als der Rest seiner Baumkollegen. Grundsätzlich ein gesunder Baum, aber eben kein kitschig schöner Weihnachtsbaum.

Schon beim Abschneiden auf der Christbaumplantage hatte er die Forstarbeiter reden hören. „So ein komischer Baum, wer soll denn den kaufen?“ Oder: „Wer will denn schon eine krumme Tanne zu Weihnachten im Wohnzimmer stehen haben!?“

Die Männer bogen sich vor Lachen und ahnten nicht, dass der Christbaum jedes Wort, das sie sprachen, verstand. Er wurde dennoch mit den anderen Bäumen auf einen Lastwagen verladen und zum Christbaumhändler gebracht. Dieser empfing ihn mit den Worten: „Was soll denn das sein? Der ist ja mehr krumm als lang! Aber ich kann ihm ja immer noch die Äste absägen und als Tannenreisig verkaufen." Das klang jetzt wirklich bedrohlich, doch zum Glück vergaß der Christbaumverkäufer sein grausiges Vorhaben schnell wieder und kümmerte sich erst einmal um die Aufstellung der „schönen" Christbäume.

Unser Baum war geknickt und ließ die Zweige noch mehr hängen. Er sah sich schon an Weihnachten alleine auf dem Christbaummarkt herumstehen oder herumliegen, brutal zerteilt als Tannenreisig. Und das ist das Schlimmste, was einem Weihnachtsbaum passieren kann: zu Weihnachten nicht als echter, geschmückter Christbaum zum Einsatz zu kommen.

Diese besonderen Bäume bereiten sich ein Leben lang darauf vor, von den Menschen zu Weihnachten gekauft und mit in ihre Behausungen genommen zu werden, wo sie schließlich prächtig geschmückt werden. Der Höhepunkt eines jeden Christbaumlebens ist natürlich der Heilige Abend, wenn alle Familienmitglieder rund um den Baum stehen, die Kerzen oder elektrischen Lichter angemacht werden und die lieben Menschen Weihnachtslieder singen. Da leben die Christbäume so richtig auf.

Jeden Tag wurde die Zahl der Bäume am Christbaummarkt kleiner. Bald waren nur noch wenige übrig. Der krumme Christbaum hatte schon alle Hoffnung auf einen Weihnachtseinsatz aufgegeben, als schließlich ein kleines Weihnachtswunder geschah.

Es war am 24. Dezember, kurz vor Christbaummarktschluss, da eilte eine ältere Dame herbei und wuselte etwas schusselig zwischen den wenigen noch übrigen Tannen- und Fichtenbäumchen hin und her. Der Christbaumverkäufer wurde ungeduldig. Sie solle sich beeilen. Doch die Dame ließ sich nicht beirren, sie prüfte die Äste der Bäume und packte schließlich auch noch ein Maßband aus, um die Länge und den Umfang der Nadelhölzer zu erfahren.

Endlich entschied sie sich für unsere krumme Nordmanntanne. Der Verkäufer schüttelte den Kopf: „Da sind doch noch viel schönere Bäume am Platz, warum nehmen Sie gerade diesen krummen Wicht?"

Die alte Dame sah den Verkäufer an: „Das macht mir nichts aus, ich selbst bin auch nicht mehr ganz gerade und werde schon etwas bucklig, der Baum passt gut zu mir."

Unser Baum konnte sein Glück kaum fassen. Jetzt wurde er noch in einem Plastiknetz verpackt und der Frau mit den Worten „Na, dann frohe, krumme Weihnachten!" überreicht.

Die alte Dame bekam den Baum um den halben Preis, was sie sehr freute, denn sie war nicht besonders wohlhabend. Und das war auch der Grund, warum sie bis zum letzten Tag gewartet hatte, um sich einen Christbaum zu besorgen, denn sie dachte, dass am 24. Dezember die Bäume sicher günstiger wären. Den krummen Baum hatte sie bewusst ausgesucht, weil sie vorgehabt hatte, mit dem Christbaumverkäufer zu feilschen, doch das brauchte sie nun gar nicht, der Mann gab ihr „den krummen Wicht" freiwillig um die Hälfte.

Alle waren glücklich – der Christbaumverkäufer hatte noch ein Geschäft gemacht, die alte Dame hatte einen günstigen Christbaum erstanden und unser Baum war selig, dass er es doch noch geschafft hatte, den Christbaummarkt in einem Stück und nicht zu Tannenreisig zerhackt zu verlassen.

Die alte Dame wohnte nicht weit weg und schleppte ihren krummen Baum wie eine fette Beute hinter sich her. Ihre Wohnung war so klein, dass es fast unmöglich war, hier einen Christbaum aufzustellen, das war auch der Grund, warum sie so genau gemessen hatte am Christbaummarkt.

Doch wenn man will, dann geht sich alles aus. Sie stellte den Baum mitten in ihrer Wohnküche auf und war zufrieden. Zu Weihnachten einen Christbaum zu haben, bedeutete ihr sehr viel. Sie holte den alten Christbaumschmuck aus ihrem Kellerabteil und fing an, den krummen Baum zu behängen. Oh, wie das dem Baum gefiel! Was für ein Gefühl, im Mittelpunkt der Welt dieser alten Dame zu stehen und nun auch noch mit glitzernden Kugeln und Sternen geschmückt zu werden. Lametta und Engelshaar durften natürlich auch nicht fehlen. Was für ein schöner Baum!

Am Abend kam die Freundin der Frau zu Besuch und gemeinsam feierten sie mit dem krummen Tannenbaum fröhliche Weihnachten. Die Kerzen am Baum wurden angezündet und Weihnachtslieder erfüllten den Raum. Dass der Baum etwas krumm war, störte überhaupt nicht, ganz im Gegenteil, die Freundin bezeichnete ihn sogar liebevoll als „Christbaum mit Charakter".

Als die Kinder und Enkelkinder am nächsten Tag zu Besuch kamen, staunten sie nicht schlecht über den eigenwilligen Christbaum. „Der ist aber schon ein bisserl schräg, Oma!", meinte die zehnjährige Enkelin, als sie den Baum sah. „Ja, genau wie deine Oma!", lachte die alte Dame.

Bitte keine Geschenke!

Es war einmal ... ein kleiner Junge namens Max, der wurde wie jedes Jahr von seiner Familie gefragt, was er sich denn zu Weihnachten wünsche. Seine Mutter staunte nicht schlecht, als der Sohn darauf antwortete: „Bitte, heuer keine Geschenke!“

Was? Und das von einem Kind?

Nach zwei Sitzungen beim Kinderpsychologen stellte sich heraus, dass der kleine Max beim letzten Weihnachtsfest eine schwere Störung erlitten hatte.

Max hatte mit ansehen müssen, wie die Mutter vom Vater einen unerwünschten Stabmixer geschenkt bekam. Als Gegengeschenk fand Papi die klassischen Socken und eine ungeliebte Krawatte unter dem Christbaum. Die säuerliche Dankbarkeit über die elterlichen Geschenke beschädigte die Weihnachtsfreude des Jungen schwer. Und nicht nur am Weihnachtsabend war diese schneidende Stimmung spürbar.

Jedes Mal, wenn die Mutter den Stabmixer zur Hand nahm, seufzte sie schwer. Dieses Seufzen stand stellvertretend für ein Wehklagen, das sagen wollte: „Warum schenkt mir mein Mann so einen Unsinn zu Weihnachten? Warum überlegt er sich nicht, was ich wirklich will, und warum bekomme ich nicht einfach eine Perlenkette, eine Wellnessreise oder ein neues Auto?“ Natürlich kostet ein Stabmixer weniger als eine Perlenkette, doch auch eine Schachtel handgemachter Pralinen oder schöne Unterwäsche wären immer noch eine reizvolle Alternative zum Mixstab gewesen.

Und jedes Mal, wenn Papa seine Weihnachtssocken überstreifte, dachte er in dieselbe Richtung: „So eine Einfallslosigkeit, die Socken hat sie sicher schon im August im Supermarkt gekauft, im Angebot. Und eine Krawatte, als würde ich öfter als dreimal im Jahr eine Krawatte tragen!?“

Ein Weihnachtsgeschenk sagt mehr als tausend Worte. Doch dieses Ehepaar hatte Glück, ihr sensibles Kind führte ihnen ihre in Weihnachtsgeschenken verpackte Ehekrise vor Augen und half dabei, die nicht vorhandene gegenseitige Wahrnehmung wiederherzustellen.

Am folgenden Weihnachtsabend gab es diesmal wirklich keine verpackten Geschenke, sondern viele liebevolle Aufmerksamkeiten. Der kleine Max strahlte, als er sah, dass seine Eltern Händchen haltend vor dem Christbaum standen, sich dabei tief in die Augen blickten und sich schließlich einen Kuss gaben. Was für ein Geschenk!

Der große Wunsch

Es war einmal ... ein alter Tannenbaum neben einer viel befahrenen Straße, der zeit seines Lebens schon viel gesehen hatte.

Über die Jahre war er so hoch gewachsen, dass er von seinem Wipfel aus die ganze Landschaft überblicken konnte. Viele Vögel, Eichhörnchen und allerlei Insekten hatten auf dem Tannenbaum ein sicheres Zuhause gefunden und lebten im Einklang mit dem freundlichen Nadelbaum.

Der Tannenbaum hatte einen großen Wunsch, er hatte gehört, dass Bäume seiner Art zu Weihnachten geschmückt und als sogenannte „Christbäume" in der Zeit von 24. Dezember bis 6. Jänner von den Menschen geehrt und bewundert werden.

Der Baum war eine schöne Tanne, doch beachteten die Menschen seine Schönheit nicht. Sie fuhren mit ihren Autos an ihm vorüber und waren froh, wenn sie schnell vorwärts kamen und nicht im Stau steckten.

Die Tiere des Baumes wussten um den großen Wunsch der Tanne, doch hatten sie sich noch nie Gedanken darüber gemacht, wie sie ihrem „Hausbaum" diesen Herzenswunsch erfüllten könnten.

Da gab es ein kleines Eichhörnchen namens Kimi, das liebte den Baum sehr. Viele Abende verbrachte Kimi auf seinen höchsten Ästen und hörte zu, wenn er dem Wind seine rauschenden Geschichten erzählte – über die Vergangenheit, wie sich die Landschaft veränderte, wie die Straße unter ihm immer größer wurde und dass es ganz in der Nähe ein großes Einkaufszentrum gab, in das die vielen Autos fuhren.

Der Tannenbaum verriet dem Eichhörnchen auch seinen großen Wunsch, einmal im Leben ein geschmückter Weihnachtsbaum sein zu dürfen. Kimi hatte keine Ahnung, wovon der Baum da sprach. Das Eichhörnchen war noch sehr jung und erst im Frühling des Jahres geboren worden, es war seine erste „Weihnachtszeit".

Aber Kimi war neugierig geworden und fragte seine Mutter, was es denn mit diesem Weihnachten auf sich hatte. Die Mutter erzählte ihrem Jungen so viel, wie ein Eichhörnchen über Weihnachten wissen konnte. Aber warum und wie die Menschen in dieser Zeit die Tannenbäume schmückten, das wusste sie selbst nicht.

Der Heilige Abend nahte. Kimi war wieder einmal zu Besuch im Wipfel des Baumes. Der Tannenbaum erzählte dem kleinen Eichhörnchen vom Bau des Einkaufszentrums, wie die vielen Kräne eines Tages auf der grünen Wiese standen und wie das Gebäude mit der Zeit immer größer und größer geworden war. Angeblich gab es im Einkaufszentrum auch geschmückte Weihnachtsbäume – ein Vogel hatte der Tanne einmal etwas gezwitschert. Sehnsuchtsvoll rauschten die Äste des Tannenbaumes im Wind und Kimi wurde ganz traurig, weil es die unerfüllte Sehnsucht des Baumfreundes spürte.

Doch am nächsten Tag hatte Kimi eine Idee, wie er der Tanne helfen konnte. Er musste unbedingt das benachbarte Einkaufszentrum besuchen, um herauszufinden, wie das mit dem Baumschmücken und mit Weihnachten funktionierte. Und wenn es dort wirklich echte Weihnachtsbäume gab, dann konnte das doch kein Problem sein!

Der Besuch im Einkaufszentrum war für das Eichhörnchen keine Kleinigkeit, immerhin musste Kimi die viel befahrene Straße überqueren. Doch er hatte eine gute Idee. Er kletterte am Baum entlang und fand seinen Freund, den Raben Morle, auf einem besonders hohen Ast. Kimi bat Morle, auf seinem Rücken ins Einkaufszentrum fliegen zu dürfen. Was für ein Vorhaben! Noch nie war ein Eichhörnchen auf dem Rücken eines Raben geflogen. Doch Morle war ein Abenteurer und fand sofort Gefallen an Kimis Idee. So gelangten die beiden kurz vor Ladenschluss in das Einkaufszentrum.

Morle kannte einen geheimen Eingang. Oft schon hatte sich der Rabe außerhalb der Öffnungszeiten in das Einkaufszentrum geschlichen, um hier nach Nahrung zu suchen. Und immer wurde er fündig, egal ob im Mistkübel oder im Kühlregal, hier befand sich ein wahres Schlaraffenland für Tiere!

Kimi war zum ersten Mal hier. Schon der Rabenflug war für ihn ein großes Abenteuer und jetzt auch noch die vielen Geschäfte! Er konnte kaum fassen, was er hier alles sah, doch am wichtigsten war jetzt, einen echten Weihnachtsbaum zu finden. Kimi hatte schnell Glück, denn schon im Eingangsbereich des Einkaufszentrums standen wunderschön geschmückte Christbäume.

So sollte sein Freund, die große Tanne am Straßenrand, auch aussehen! Doch als Kimi die Bäume im Einkaufszentrum ansprach, bekam er keine Antwort. Sie waren nämlich aus Plastik und hatten damit auch keine Baumseele. Doch sie sahen so verblüffend echt aus!

Von dem tierischen Treiben angelockt, kam ein kleines Mäuschen des Weges, es lebte im Einkaufszentrum und freute sich immer über Besucher aus der freien Natur.

„Was macht ihr da?“, fragte es.

„Wir suchen einen Weihnachtsbaum, der uns Auskunft gibt, wie das Schmücken der Christbäume funktioniert, und der uns sagt, wo wir die schönen, glitzernden Sachen für unseren Freund, den großen Tannenbaum auf der anderen Seite der Straße finden!“, antwortete Kimi.

Das Mäuschen wusste Rat. Es kannte das Einkaufszentrum in- und auswendig und führte Kimi und Morle schnurstracks in die Weihnachtsabteilung eines großen Kaufhauses.

„Echte Tannenbäume haben wir hier leider nicht, aber wie das Schmücken eines Baumes geht, das kann ich dir gerne erklären, denn das habe ich hier im Kaufhaus schon oft beobachtet."

Kimi und Morle waren beeindruckt von dem vielen Weihnachtschmuck, den es hier gab: Lichterketten, Kugeln, Sterne, Schokolade, Lebkuchen und vieles mehr. Doch wie konnte man all diese Dinge auf einem Baum befestigen?

„Wirft man die Sachen einfach auf den Baum und hofft, dass sie oben bleiben?", fragte Kimi.

Das Mäuschen kicherte: „Aber nein, sieh her, da gibt es kleine Häkchen, die braucht man dafür, dass der Christbaumschmuck auch sicher auf dem Baum hängen bleibt."

„Wow", staunte Kimi, „das Mäuschen kennt sich wirklich aus!"

Jetzt mussten Kimi und Morle nur noch genügend Tiere auftreiben, um den Christbaumschmuck mitsamt den Häkchen zu ihrem Baumfreund zu transportieren und ihn damit zu schmücken.

Morle war ein guter Stratege, er bat das Mäuschen um weitere Unterstützung für die Weihnachtsbaummission und fragte, ob es denn im Einkaufszentrum noch mehr von ihrer Sorte gab. Natürlich! Das Mäuschen piepste seine ganzen Artgenossen zusammen, und bald begannen über hundert Mäuse den Christbaumschmuck im Kaufhaus auszupacken und mit feinen Häkchen zu versehen. Mit ihren kleinen scharfen Zähnchen knabberten die Mäuse die Verpackungen auf und mit ihren zarten Pfötchen befestigen sie die Häkchen an den vielen Kugeln, Süßigkeiten und Strohsternen.

In der Zwischenzeit flogen Kimi und Morle zum Tannenbaum zurück und trommelten alle Vögel und Eichhörnchen des Baumes zusammen. Sie weihten die Tiere in ihren Plan ein und begannen sogleich mit der Umsetzung. Die Vögel flogen los, um den Weihnachtsschmuck im Einkaufszentrum zu holen. Währenddessen verteilten sich die Eichhörnchen geschickt im Tannenbaum.

Die große Tanne bemerkte natürlich, dass da einiges los war in ihrem Geäst. Im ganzen Baum herrschte emsiges Treiben, und eine tierische Vorfreude auf die bevorstehende Weihnachtsaktion machte sich breit. Die Eichhörnchen kicherten und tuschelten und unser Tannenbaum hatte absolut keine Ahnung, dass er bald zu einem echten Christbaum werden würde.

Die Vögel wurden von den Mäusen im Einkaufszentrum schon erwartet. Die kleinen Nager übergaben ihnen den vorbereiteten Weihnachtsschmuck. Als das erste Christbaumschmuckgeschwader herangeflogen kam, wurde auch dem Tannenbaum klar, was hier vorging. Er konnte es kaum glauben, als die Vögel mithilfe der Eichhörnchen begannen, seine Zweige mit bunten Kugeln zu schmücken! Was für eine Freude! Der Baum war sehr groß und so flogen die Vögel die halbe Nacht lang zwischen Einkaufszentrum und Tannenbaum hin und her.

Bis zur letzten Kugel und bis zum letzten Windringerl wurde das ganze Weihnachtssortiment des Kaufhauses von den Tieren aufgebraucht. Die Mäuse, Vögel und Eichhörnchen leisteten ganze Arbeit und am Morgen des 25. Dezember erstrahlte der von den Menschen bis jetzt vergessene Tannenbaum als prächtig geschmückter Christbaum.

Obwohl das Einkaufszentrum am 25. Dezember geschlossen war, bildete sich am ersten Weihnachtsfeiertag trotzdem ein Stau auf der Straße unter dem großen Tannenbaum. Diesmal war es der Baum selbst, der das Verkehrschaos auslöste. Die Menschen blieben stehen und bestaunten den riesigen Christbaum. Eine lange Autoschlange hatte sich gebildet und jeder fragte sich, wer wohl diesen großen Baum so wunderschön geschmückt hatte. Schnell war ein Fernsehteam vor Ort, um das weihnachtliche Baumwunder in Wort und Bild festzuhalten.

Die Tiere beobachteten das Treiben der Menschen und freuten sich für ihren Tannenbaum, dem nun endlich die gebührende Beachtung geschenkt wurde. Der Baum war noch nie in seinem Leben so glücklich gewesen und bedankte sich bei seinen tierischen Freunden.

Kimi und Morle waren jetzt Helden und zur Feier des Tages flog Morle auch das hilfreiche Mäuschen aus dem Einkaufszentrum ein, das sich sehr über den abenteuerlichen Flug auf dem Rücken des Raben freute. Gemeinsam feierten sie nun tierische Weihnachten auf ihrem ganz persönlichen Riesenchristbaum.

Zwei Tage später staunten die Manager des Einkaufszentrums nicht schlecht, als aus der Weihnachtsabteilung berichtet wurde, dass das ganze Sortiment geplündert worden war. Nicht eine Christbaumkugel war mehr übrig und nicht ein Schokoladenringerl.

Die findigen Kaufhausmanager nützten die Tatsache, dass alle nicht verkauften Saisonartikel wie durch Zauberhand auf dem Tannenbaum auf der anderen Seite der Straße gelandet waren, als Werbegag. Sie gaben noch am selben Tag bekannt, dass dieser Baum ein Geschenk an ihre Kunden sei, die an dieser Straßenstelle immer wieder mal im Stau steckten, bevor sie das Einkaufszentrum erreichen konnten.

So geschah es, dass die wunderschöne Tanne entlang der Straße nun jedes Jahr im Auftrag des Kaufhauses geschmückt wurde und der Herzenswunsch des Baumes jedes Mal aufs Neue wahr wurde.

Die zweite Raunacht erzählt.

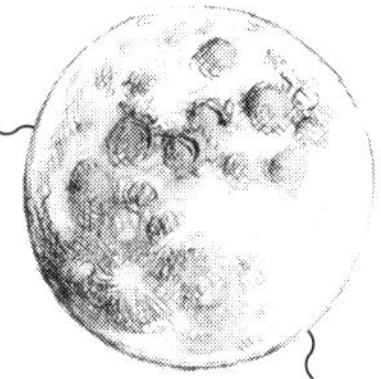

Zweite Raunacht: 25./26. Dezember, Weihnachtsfeiertage
Traummonat: Februar
Was kann ich tun: innehalten, genießen, feiern, füreinander da sein

Der größte Weihnachtstrubel ist vorbei. Vielleicht haben Sie heute ein wenig Zeit, um durchzuatmen. In Ihrem Raunächtetagebuch können Sie nicht nur Ihre Träume aufzeichnen, sondern auch Vorkommnisse, die während des Tages passiert sind. Unsere Vorfahren haben ganz genau darauf geachtet, was in den Raunächten vorgefallen ist, wie das Wetter oder die eigene Stimmungslage war. Auch die Kleinigkeiten im Leben wurden als Orakel genutzt und auf die jeweils entsprechenden Monate des Jahres umgelegt.

Beschäftigen Sie sich heute bewusst mit Ihren Weihnachtsgeschenken. Was haben Sie geschenkt bekommen? Haben Sie Freude damit? Genießen Sie Ihre Geschenke so richtig! Probieren Sie das Gesellschaftsspiel aus, lesen Sie das neue Buch. Lassen Sie sich die feinen Pralinen schmecken und tragen Sie Ihren neuen Schmuck.

Überlegen Sie, was die Geschenke, die Sie bekommen haben, für eine Symbolwirkung haben. Was können Sie daraus für Schlüsse ziehen? Haben Sie nicht das bekommen, was Sie sich gewünscht hatten? Dann sollten Sie vielleicht in Zukunft Ihre Wünsche besser artikulieren. Oder haben Sie sich möglicherweise gar nichts gewünscht und wie jedes Jahr irgendetwas bekommen, das Sie bestenfalls bei der nächsten Weihnachtstombola spenden können? Dann sind Sie vielleicht aufgefordert, einmal zu sagen, was Sie nicht möchten. Gar nicht so einfach, aber in den Raunächten ist vieles möglich!

Abgesehen von unseren materiellen Wünschen können wir uns heute auch fragen: Was sind unsere Herzenswünsche? Was können wir dafür tun, damit sie in Erfüllung gehen? Und was sind die Herzenswünsche unserer Partner, Familienmitglieder und Freunde? Wie können wir zur Wunscherfüllung beitragen?

Nutzen Sie auch diesen Tag für einen Jahresrückblick: Was war gut im Monat Februar des vergangenen Jahres, und was war schlecht? Achten Sie auf Ihre Träume, denn die Raunächte eröffnen uns einen Blick in die Zukunft. Was Sie heute Nacht träumen, das betrifft den Monat Februar im kommenden Jahr.

Die gehorteten Geschenke

Es war einmal ... eine Frau, die bekam jedes Jahr zu Weihnachten – wie viele von uns – wirklich schöne Geschenke. Doch diese Frau hatte ein Problem damit, diese Geschenke für sich zu verwenden. Sorgfältig verstaute sie nach dem Fest ihre Schätze in Kästen und Laden. Nie wäre sie auf die Idee gekommen, aus den neuen Kristallgläsern zu trinken oder die Spitzenunterwäsche jemals anzuziehen – viel zu wertvoll erschienen ihr diese Gaben, als dass man sie einfach so zum Einsatz bringen könnte. Irgendwann einmal, zu einem besonderen Anlass, so versprach sie sich selbst, würde sie den kostbaren Schmuck tragen, das Parfumfläschchen öffnen und den seidenen Morgenmantel anprobieren.

Seit Jahren ging das so. Nichts änderte sich, und der besondere Anlass kam natürlich nie. Doch wie es so ist, nicht nur die Erde dreht sich und entwickelt sich, auch im Himmel gibt es immer wieder einmal Neuerungen rund um Weihnachten. Dass Weihnachten eine heilige Zeit ist, steht fest. Sowohl im Himmel als auch auf der Erde hat dieses Fest eine sehr große Bedeutung. Es soll ein Fest der Liebe für die Menschen sein und im Himmel ist man glücklich, wenn sich die Menschen über ihre Geschenke freuen – wohlgemerkt nicht nur zu Weihnachten!

Dass im Himmel über irdische Wünsche Buch geführt wird, ist nicht neu. Dass man sich neuerdings jedoch auch um die Verwendung von Geschenken Gedanken macht, das ist den meisten Menschen unbekannt. Seit dem vergangenen Weihnachtsfest gibt es eine neue Extra-Engel-Einheit, die in Erfahrung bringt, ob die Menschen ihre Geschenke auch gebrauchen. Ein Auge drücken die himmlischen Wesen manchmal schon zu, wenn die Geschenke weitergeschenkt werden, aber auch nur dann, wenn es von Herzen kommt.

Es war offensichtlich, dass die Frau sich zwar über ihre Weihnachtsgeschenke freute, diese jedoch nicht in der für Weihnachtsgeschenke üblichen Art und Weise anwendete. So bekam sie Besuch von drei Weihnachtsengeln.

Die Frau schlief tief und fest. Die drei Engel klopften in einem ihrer Träume an und wurden eingelassen. Sofort änderte sich die Handlung des Traumes: Engelträume sind viel intensiver und vor allem bleiben sie im Gedächtnis. Gemeinsam mit der Frau schauten die drei Engel in die Vergangenheit, und die Frau erlebte die vielen, vielen Weihnachtsfeste noch einmal, an denen sie die vielen, vielen Geschenke kurz nach der Bescherung immer und immer wieder in ihre Kästen stopfte.

Ein Engel fragte die Frau: „Warum machst du das, liebe Frau? Diese Geschenke wurden für dich ausgesucht, du sollst sie auch für dich verwenden, das ist der Sinn und Zweck eines Geschenks. Die Geschenke sollen dir Freude bereiten, dir das Leben erheitern und dich glücklicher machen! Und die Menschen, die dir ein Geschenk gemacht haben, freuen sich ja schließlich auch, wenn sie sehen, dass du daran Freude hast."

Die Frau fühlte sich ertappt. Sie lebte allein und hatte niemandem von ihrer Geschenkehorterei erzählt. Jetzt kamen diese Engel zu ihr und stellten unangenehme Fragen.

„Ich dachte immer, dass ich mir diese schönen Dinge für einen besonderen Anlass aufhebe ...", versuchte die Frau sich zu rechtfertigen.

Es hatte einen Grund, warum drei Engel auf einmal kamen. Der erste war der Belehrende, der die Situation aufzeigte, der zweite war der Milde, der die Situation aufklärte. Dieser sagte zur träumenden Frau: „Liebe Frau, das ist nicht der wahre Grund für dein Verhalten! Schau zurück in deine Kindheit, in deine Jugend, auch damals hast du viele Geschenke bekommen, sie waren geistiger Natur, doch hast du sie leider nicht sinnvoll zum Einsatz gebracht."

Die Frau blickte zurück. Als junges Mädchen hatte sie ein großes Zeichentalent. Es machte ihr große Freude, sich in Bildern auszudrücken. Doch irgendwann ging sie ihrer großen Leidenschaft nicht mehr nach. Zu wenig Zeit, brotlose Kunst ... so viele Ausreden fielen ihr plötzlich ein. Die Malsachen wurden im Keller verstaut und jahrzehntelang nicht mehr angerührt. Die Frau vernachlässigte ihr großes Talent immer mehr und vergaß schließlich ganz, dass sie es je besessen hatte. Und so ging es ihr auch mit ihren Weihnachtsgeschenken. Viele von ihnen waren längst vergessen. Die Frau hatte mittlerweile keine Ahnung mehr, welche Schätze sich in ihren vielen Kästen bereits angesammelt hatten.

Sie wusste auch nicht, warum sie damals ihr Zeichentalent vernachlässigt hatte und warum sie bis heute ihre Weihnachtsgeschenke so gern in Schränken aufbewahrte, anstatt mit ihnen auch im Alltag Freude zu haben.

Jetzt war der dritte Engel an der Reihe, der beratende Engel. Seine Aufgabe war es, den Ursachen auf den Grund zu gehen und gute Ratschläge zu erteilen.

„Meine liebe Frau, dass du in deiner Jugend nicht mehr aus deinem bildnerischen Talent gemacht hast und dass du bis heute deine Geschenke nicht wirklich annimmst, diese zwei Tatsachen haben ein und dieselbe Wurzel. Sie gründen auf deiner Überzeugung, dass du es nicht wert bist, erfolgreich zu sein, und dass du es nicht verdienst, dich zu schmücken und dich an kostbaren Dingen zu erfreuen.

Gott liebt alle Menschen gleich, alle haben für ihn denselben Wert. Dass ihr Menschen das nicht so seht, das wissen wir, ihr habt leider auf der Erde ein paar Dinge erfunden, die nicht besonders himmlisch sind. Und dazu gehört zum Beispiel die Bewertung. Schau dich an, liebe Frau, du bist so ein gutes Wesen, sei freundlich zu dir, erlaube dir deine Talente und nimm die Geschenke an, die der Himmel und die Menschen dir machen."

Die Mission der Engel war erfüllt. Sie gaben der Frau die Möglichkeit, die Zusammenhänge in ihrem Leben zu erkennen und somit auch die Chance, es in Zukunft besser zu machen.

Die Frau erwachte, es war der zweite Weihnachtstag. Bis ins kleinste Detail konnte sie sich an den Engeltraum erinnern.

Sie ging zu einem ihrer vielen Kästen, zog sich die schönste, noch originalverpackte Spitzenunterwäsche an, die sie finden konnte, hüllte sich in eine Duftwolke Chanel Nr. 5, schlüpfte in den nie getragenen seidenen Morgenmantel und schenkte sich Champagner in eines ihrer schon etwas verstaubten Kristallgläser ein. Was für ein Fest! Erst jetzt merkte die Frau, wie glücklich sie all die schönen Dinge machten.

Am selben Tag noch holte die Frau ihre Malsachen aus dem Keller, stellte die Staffelei mitten im Wohnzimmer auf und begann zu malen.

Ab diesem Zeitpunkt hörte sie auf, ihre Geschenke zu horten. Manchmal kam sie schon wieder in Versuchung, aber dann schaute sie auf das Bild, das sie an jenem Weihnachtsmorgen gemalt hatte, damals, als sie ihr vergessenes Talent wieder ausgegraben hatte. Es war das schönste Geschenk, das sie sich selbst hatte machen können, dass sie bereit war, die wertvollste Gabe, die ihr der Himmel geschenkt hatte, auch anzunehmen.

Die geliehenen Eltern

Es war einmal ... ein Ehepaar, das hatte keine Kinder. Die Ehefrau war sehr kinderlieb und freute sich stets über den Besuch der Nachbarskinder. Ein kleines Mädchen kam besonders gern. Obwohl es mit den Eheleuten nicht verwandt war, fühlte es sich, als würde es zur Familie gehören.

Die Eltern des Mädchens waren beide berufstätig und hatten immer viel zu tun. So verbrachte es in seiner Kindheit viel Zeit mit den „geliehenen Eltern", wie es die Nachbarsleute gerne nannte.

Das Mädchen wurde erwachsen und zog in eine andere Stadt, doch nie vergaß es seine geliehenen Eltern. Nicht nur zu

Weihnachten kam das Mädchen auf Besuch, auch unter dem Jahr war es immer wieder bei ihnen zu Gast.

Als seine richtige Mutter erfuhr, dass das Mädchen die Nachbarn öfter besuchte als sie selbst, war sie sehr enttäuscht. Sie konnte nicht verstehen, dass ihr Kind, das sich so selten zu Hause blicken ließ, so oft bei diesen „fremden" Leuten verkehrte.

Die leibliche Mutter des Mädchens wurde eifersüchtig und wollte der Tochter den Kontakt zu den Nachbarn gar verbieten. Doch so weit sollte es nicht kommen. In den Raunächten besuchte ein Engel die Mutter des Mädchens im Traum und erklärte ihr die wertvolle Beziehung zwischen ihrer Tochter und den „geliehenen Eltern". Im Traum ließ er die Mutter zurückblicken auf die Kindertage der Tochter, als diese sich einsam fühlte und Geborgenheit bei den freundlichen Nachbarsleuten fand. Als der Mutter bewusst wurde, wie sie ihr Kind in jener Zeit vernachlässigt hatte, wurde ihr klar, dass sie sich eigentlich bei den Nachbarn bedanken sollte, die ihr Kind so lange Zeit liebevoll betreut hatten.

Gleich am nächsten Morgen klingelte sie bei den Nachbarsleuten und bat um Einlass. Als Vorwand hatte sie eine Dose Kekse mitgebracht. Das folgende Gespräch war sehr heilsam für die Mutter. Die geliehenen Eltern erzählten von der Zeit, als die Tochter ihr regelmäßiges Gastkind gewesen war. Die Mutter bedankte sich schließlich für alles, und die geliehenen Eltern freuten sich über die späte Anerkennung der geleisteten „Familienarbeit".

Als die Tochter von dem Zusammentreffen hörte, dachte sie sofort an ein Weihnachtswunder. Niemals hätte sie sich träumen lassen, dass die Mutter Kontakt zu den „geliehenen Eltern" suchte.

Die Mutter begann die besondere Beziehung, die ihre Tochter mit diesen „fremden" Leuten verband, immer mehr zu verstehen und zu akzeptieren. Ab diesem Zeitpunkt verbesserte sich auch das Verhältnis zwischen Mutter und Tochter deutlich.

Liebe und Zuneigung haben oft nichts mit der Verwandtschaft zwischen Menschen zu tun. Wir können uns gut leiden und bringen das zum Ausdruck, indem wir uns gerne hören und sehen. Besonders in den Raunächten ist es von Bedeutung, Zeit mit den Menschen zu verbringen, die uns wichtig sind und die wir gern haben. Eine schöne Zeit, um sich gegenseitig in den Arm zu nehmen, um Liebe und Zuneigung bewusst auszusprechen und um füreinander da zu sein.

Die Weihnachtswunschfee

Es war einmal ... ein Mann, der wünschte sich nichts zu Weihnachten. Wenn es um Weihnachtsgeschenke ging, dann reagierte er mürrisch und meinte nur, „so eine Geldverschwendung!“, er brauche doch nichts. Natürlich kaufte er auch selbst keine Weihnachtsgeschenke. Nicht einmal eine Kleinigkeit für seine Frau, die sich sehr über ein Geschenk gefreut hätte. Sie hätte ihm ebenso gern ein Geschenk gemacht, aber, wie gesagt, der Mann war ein absoluter Weihnachtsmuffel. In der Wohnung gab es natürlich auch keinen Christbaum, und Weihnachtskekse verweigerte er aus Prinzip.

Als der Mann einen Tag vor Weihnachten spätabends von einem Wirtshausbesuch nach Hause ging, passierte ein Malheur. Es hatte geschneit und unter der Schneedecke war es eisig. Er rutschte aus und fiel hart auf den Hinterkopf. Plumps machte es. Niemand sah, was passiert war, und sein Blut färbte den Schnee purpurrot.

Doch der Weihnachtsmuffel hatte großes Glück, denn anstatt des Todes erschien ihm die Weihnachtswunschfee. „Was wünscht du dir?“, wollte sie von ihm wissen.

„Ich habe keine Wünsche“, meinte der Mann.

„Möchtest du nicht weiterleben?“ Die Wunschfee meinte es gut mit dem Mann.

„Wenn das kein Weihnachtswunsch ist, dann ja“.

Nicht einmal dem Tode nahe konnte er von seiner Weihnachtswunsch-Phobie ablassen.

„Doch, doch, mein Lieber, das ist jetzt dein Weihnachtswunsch. Warum, glaubst du, husche ich einen Tag vor Weihnachten auf der Erde herum und frage Leute wie dich, was sie sich wünschen!?“

Der Mann überlegte. Da er trotz allem an seinem Leben hing und auch an seine liebe Frau dachte, stimmte er zähneknirschend zu und sprach seinen ersten erwachsenen Weihnachtswunsch aus.

„Nun gut, dann wünsche ich mir, dass ich weiterleben kann, und zwar bitte gesund und nicht mit einem Hirnschaden!“ Der Mann war nicht gerade bescheiden.

So geschah es, dass ein Passant auf den Mann aufmerksam wurde und dieser gerettet und in ein Krankenhaus eingeliefert wurde. Sein erstes Weihnachten im Krankenhaus. Gemeinsam mit seiner Frau verbrachte er den Heiligen Abend im Krankenbett, sein Bettnachbar hatte sogar einen kleinen Plastik-Christbaum im Zimmer aufgestellt.

Und zum ersten Mal fühlte der Mann so etwas wie Weihnachtsstimmung in sich aufkommen. Immerhin war es die Weihnachtswunschfee, die ihm das Leben gerettet hatte. Nächstes Jahr würde er seiner Frau ein Geschenk kaufen, silberne Ohrringe vielleicht, oder doch eine Halskette? Aber an diesem Weihnachtsabend hielt seine Frau ein ganz besonderes, das allerkostbarste Weihnachtsgeschenk in Händen: ihren Mann, dessen Leben durch ein Weihnachtswunder gerettet worden war.

Weihnachten im Kühlschrank

Es war einmal ... eine Familie, die hatte sehr viele Haustiere. Jedes Jahr zu Weihnachten kam ein neues dazu. Dieses Jahr stand eine Schildkröte auf dem Wunschzettel der Kinder. Am 24. Dezember war es soweit, neben Hund Alfred, Katze Lilly, Hamster Benni, Springmaus Jumpo und Vogelspinne Olga zählte jetzt auch noch Schildkröte Crusty zur tierlieben Familie.

Die Haustiere verstanden sich sehr gut miteinander. Damit das auch so blieb, gab es einige Gesetze, die es zu befolgen galt. Kein Tier durfte das andere fressen, das war die erste und wichtigste Hausregel. Vor allem Katze Lilly war anfangs schwer gefährdet, sich an Hamster oder Springmaus zu vergreifen. Doch Hund Alfred, das älteste Tier im Haus, war stets darum bemüht, dass die oberste Hausregel eingehalten wurde. Mit der Zeit entwickelte sich unter den Tieren eine innige Freundschaft. Sie erkannten, dass es viel lustiger war, miteinander zu spielen, als sich voreinander zu fürchten und sich aus dem Weg zu gehen. Sogar Vogelspinne Olga wurde in die Tierfamilie integriert, leider hatte sie aber nur ganz selten Ausgang aus ihrem Terrarium.

Zu Weihnachten Haustiere zu verschenken, ist ja grundsätzlich sehr umstritten. Doch in besagter Familie lebten die Tiere wie im Paradies. Alle Familienmitglieder kümmerten sich rührend um ihre tierischen Freunde.

Die Tiere des Hauses freuten sich auf Crusty, die Schildkröte. Sie hatten schon viel Gutes über Schildkröten gehört: Von ihrer großen Weisheit, ihrer Geduld und ihrer Ausdauer könnten sie sicher noch viel lernen.

Wenn die Menschen im Bett waren, würden sich die Haustiere um den Neuankömmling kümmern, die Schildkröte mit den Haustierregeln bekannt machen und frohe Weihnachten wünschen.

Doch was geschah nun?

Nachdem alle menschlichen Familienmitglieder die Schildkröte begutachtet hatten, steckte die Mutter des Hauses die Schildkröte in den Kühlschrank! Hund Alfred schlug Alarm: Das neue Tier in der Familie sollte anscheinend von den Menschen verspeist werden!

Was für ein Skandal! Und das zu Weihnachten! Nachdem die Familienmitglieder im Bett waren, wurde eine Tierversammlung einberufen, um die Schildkröte vor ihrem traurigen Schicksal zu bewahren. Katze Lilly tippte auf Schildkrötensuppe und Hamster Benni fand diese Vorstellung so grausam, dass er hysterisch zu quietschen anfing.

„Hört gut zu, meine Freunde, wir müssen die Schildkröte so schnell wie möglich aus dem Kühlschrank befreien, und zwar noch heute Nacht!“, Hund Alfred war wie immer der Anführer der Truppe. Der Plan stand fest. Alfred stellte sich unter den Kühlschrank, Katze Lilly sprang auf seinen Rücken und versuchte, mit ihren Pfötchen die Kühlschranktür zu öffnen. Springmaus und Hamster standen Schmiere. Doch sosehr sich Lilly auch bemühte, sie bekam die Kühlschranktür einfach nicht auf. Nach einer Stunde erfolglosen Versuchens mussten sie schließlich aufgeben.

Am nächsten Tag hatten die Tiere schon einen neuen Plan ausgeheckt. Hoffentlich war die arme Schildkröte mittlerweile nicht schon erfroren! Sobald die Kühlschranktür von einem Familienmitglied geöffnet wurde, kletterte Lilly den Wohnzimmervorhang hinauf. Das war natürlich streng verboten, und die Mutter rannte schimpfend hinter ihr her und ließ dabei, wie beabsichtigt, die Kühlschranktür offen.

Jetzt kam Hund Alfred mit Hamster Benni und Springmaus Jumpo auf dem Rücken angelaufen. Vom Rücken des Hundes aus versuchten die Nagetiere, in den Kühlschrank zu gelangen. Springmaus Jumpo war sofort erfolgreich. Hamster Benni schaffte es erst im zweiten Anlauf. Die Mutter bemerkte nichts von dem Treiben der Tiere und machte, nachdem sie Lilly für die Vorhangkletterei ordentlich ausgeschimpft hatte, die Kühlschranktür wieder zu.

Jumpo und Benni waren also nun auch im Kühlschrank gefangen. Doch wo war Crusty, die Schildkröte? Im Kühlschrank herrschte Dunkelheit, und so begannen sie, nach der Schildkröte zu rufen.

Nach einigen Versuchen antwortete die neue Hausbewohnerin mit etwas verschlafener Stimme: „Hallo, wer ruft mich da bei meinem neuen Namen?“

„Hallo, Crusty, wir sind es, deine neuen Tierfreunde Hamster Benni und Springmaus Jumpo. Wir sind gekommen, um dich aus dem Kühlschrank zu befreien. Wo genau bist du?“

Die Schildkröte fing an zu kichern.

„Seid gegrüßt, meine neuen Freunde, und danke, dass ihr mich befreien wollt! Aber ihr braucht euch um mich keine Sorgen zu machen, mir geht es gut. Wir Schildkröten überwintern im Kühlschrank und fühlen uns dabei pudelwohl. Ich werde noch für eine ganze Weile hier drin bleiben, und wenn ich ausgeschlafen bin, komme ich zu euch und wir spielen miteinander!“

Benni und Jumpo waren erleichtert. Zu schlimm war der Gedanke gewesen, dass ihre Menschenfreunde das neue Haustier zu einer Suppe verarbeiten würden. Bei der nächsten sich bietenden Gelegenheit verließen Jumpo und Benni mit klappernden Zähnen unauffällig den Kühlschrank und berichteten Alfred und Lilly, dass Crusty in Sicherheit war. Auch Hund und Katz freuten sich über diese guten Neuigkeiten.

Doch am meisten freute sich Crusty. Dass sich die neuen Freunde Sorgen um ihr Wohlergehen machten, das rührte die kleine Schildkröte sehr. Nach dem Winterschlaf wurde Crusty von Mensch und Tier im Haus freudig begrüßt und herzlich in die Gemeinschaft aufgenommen.

Das Mädchen und der Mond

Es war einmal ... ein Mädchen, das wünschte sich zu Weihnachten nichts sehnlicher, als auf den Mond zu fliegen. Der Wunschzettel des Mädchens war leer, nur dieser eine Wunsch stand darauf. Die Mutter versuchte, dem Mädchen diesen unmöglichen Wunsch auszureden, doch es ließ sich nicht beirren.

Zu Weihnachten bekam das Mädchen viele Geschenke. Mutter und Vater hatten sich in der Auswahl große Mühe gegeben, doch ein Ticket zum Mond war klarerweise nicht dabei.

Enttäuscht packte das Mädchen das letzte Geschenk aus, das eine eigenartige Verpackung aufwies. Mutter und Vater sahen einander erstaunt an: Das war aber kein Geschenk von ihnen! Zum Vorschein kam ein Fernrohr und auf einem daran festgebundenen Zettel stand: „Kleines Mädchen, flieg mit deinen Augen zum Mond, aber bleib mit deinen Beinen auf der Erde!“ Das Geschenk musste vom Christkind höchstpersönlich kommen, davon war das Mädchen überzeugt! Schnell rannte es zum Fenster und suchte mit dem Fernglas den Mond.

Den ganzen Weihnachtsabend lang stand das Mädchen nun da und bewunderte den Mond. Die Eltern freuten sich über die Begeisterung der Tochter und waren doch etwas erleichtert, dass das Christkind so eine großartige Idee gehabt hatte. Von diesem Tag an flog das Mädchen jede Nacht – sofern es die Wetterlage erlaubte und nicht gerade Neumond war – mit seinen Augen zum Mond und blieb dabei mit seinen Beinen fest auf der Erde stehen.

Die dritte Raunacht erzählt.

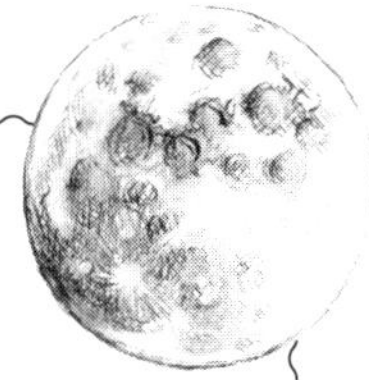

Dritte Raunacht: 26./27. Dezember
Traummonat: März
Was kann ich tun: loslassen, einlassen, zulassen

Auch die Zeit nach den offiziellen Weihnachtsfeiertagen hat eine besondere Qualität. Der Trubel der Feiertage ist vorbei und wir können uns noch mehr auf uns selbst konzentrieren. Vielleicht haben Sie Urlaub und sind durch die Lektüre dieses Buches schon auf den Geschmack gekommen, die Zeit der Raunächte bewusst für sich zu nutzen.

Die dritte Raunacht steht für den Monat März. Im dritten Monat des Jahres beginnt der Frühling. Die Natur ist immer ein Spiegel für uns selbst. In diesem Fall hilft uns die Zeitqualität der Raunächte, dass wir Altes loslassen und uns auf Neues einstimmen.

Unser Korb ist voll. Oft ist er schon zu voll. Schauen wir, was wir nicht mehr brauchen, was uns belastet, was wir aus dem Korb herausnehmen können und was wir in das neue Jahr mit hinübertragen möchten.

Nutzen Sie auch diesen Tag für einen Jahresrückblick: Was war gut im Monat März des vergangenen Jahres, und was war schlecht? Achten Sie wieder besonders auf Ihre Träume. Denn die Raunächte eröffnen uns immer wieder einen Blick in die Zukunft. Was Sie heute Nacht träumen, das betrifft den Monat März im kommenden Jahr.

Der Besuch der Großmutter

Es war einmal ... ein Mädchen, das hatte gehört, dass in den Raunächten die Tore zur Anderswelt weiter offen stehen als sonst. Die Großmutter des Mädchens war vor ein paar Monaten gestorben und die Enkelin hätte sie noch so viel fragen wollen. Doch die alte Dame war im Schlaf selig dahingeschieden. Es hatte keine Vorzeichen für ihren Tod gegeben und so war auch keine Zeit gewesen, sich zu verabschieden.

Das Mädchen war sehr mutig, und so ging es eines Nachts in den Wald und fragte die Bäume nach dem Weg in die Anderswelt. Die Bäume schickten das Mädchen zu einer weisen Eule, die immer Rat wusste.

„Liebe Eule, ich habe gehört, dass in den Raunächten die Tore zur Anderswelt weiter offen stehen als sonst. Was kann ich tun, um meine Großmutter dort zu besuchen?"

Die Eule sprach zu dem Mädchen: „Geh nach Hause und leg drei Kupfermünzen unter dein Kopfkissen, bevor du schlafen gehst. Dann wirst du im Traum in die Anderswelt gelangen und deine Großmutter wiedersehen. Die drei Münzen sind der Wegzoll, damit du die Tore der Anderswelt passieren kannst. Aber sei dir einer Sache bewusst: Lass dich nicht ablenken, dreh dich nicht um, geh immer vorwärts und keinen Schritt zurück! Wenn du Angst hast, dann sprich ein Gebet und fürchte dich nicht!"

So ging das Mädchen nach Hause und schob, wie es ihm die Eule geraten hatte, drei Kupfermünzen unter das Kopfkissen. Dann legte es sich schlafen, und es dauerte nicht lange, bis es zu träumen begann.

Schon von Weitem sah es die Tore der Anderswelt. Viele Menschen stellten sich an, um hineinzukommen. Doch der Torwächter war streng und verlangte die besagten drei Kupfermünzen als Eintrittsgeld. Soweit das Mädchen sehen konnte, besaß niemand diesen Wegzoll und so schritt es einfach an der Menschenschlange vorbei, gab dem Torwächter seine Münzen und gelangte schnurstracks in die Anderswelt. Doch wie sollte es jetzt die Großmutter finden? „Nicht umdrehen, keinen Schritt zurück." Die Worte der Eule fielen dem Mädchen wieder ein.

Der Weg, den das Mädchen nun beschritt, entstand direkt beim Gehen, bei jedem Schritt vorwärts „ging" auch der Weg weiter. „Ein seltsamer Weg", dachte das Mädchen, aber es befand sich ja in der Anderswelt, die nicht umsonst diesen Namen trug. So lief es einfach geradeaus weiter und erinnerte sich dabei fortwährend an die geliebte Großmutter.

Plötzlich hörte das Mädchen schwere Schritte hinter sich, die von geräuschvollem

Schnauben begleitet wurden. „Nicht umdrehen, keine Angst haben!“, hämmerte es im Kopf des Mädchens. Als es den heißen, schwefeligen Atem einer fremden Kreatur im Nacken spürte, begann es zu beten. Drei Vaterunser vertrieben die gruselige Gestalt, und das Mädchen war wieder alleine auf seinem Weg, der es zur Großmutter führen sollte.

Plötzlich entdeckte es einen Wegweiser, darauf stand gut lesbar: GROSSMUTTER. Was für ein Hinweis! Und wirklich, einige Zeit später sah das Mädchen, wie ihm eine alte Frau entgegenkam. Es war die Großmutter! Sie schloss das Kind in ihre Arme und beide hatten Tränen in den Augen. Die Wiedersehensfreude war groß!

Aus dem Mädchen sprudelte es sofort heraus: „Großmutter, du bist so schnell von uns gegangen, ich konnte mich gar nicht mehr von dir verabschieden und dir sagen, wie lieb ich dich doch habe und wie du mir fehlst, wie ich dich vermisse und wie leer das Haus ohne dich ist!“

Die Großmutter sprach: „Ich weiß, mein liebes Kind. Meine Zeit war gekommen und ich musste gehen. Doch ich kann dich von hier aus sehen und weiß, wie traurig du bist. Aber bedenke, du hast mich in deinem Herzen. Die Erinnerung an mich wird ewig dein sein. Und auch wenn du dich auf der Erde nicht von mir verabschieden konntest, so weiß ich doch, dass du mich lieb hast und viel an mich denkst. Das Leben ist ein ewiger Kreislauf, das Alte muss sterben und das Neue muss geboren werden. So ist das und so wird es immer sein.“

Die Worte der Großmutter taten dem Mädchen gut. Es war erleichtert, dass es die Großmutter in der Anderswelt gefunden hatte und dass es noch einmal die Möglichkeit bekommen hatte, ihr alles zu sagen, was es auf dem Herzen gehabt hatte.

Als das Mädchen am nächsten Morgen erwachte, wusste es nicht mehr, ob es nur ein Traum gewesen war oder ob es wirklich der Großmutter in der Anderswelt einen Besuch abgestattet hatte.

Es sah unter seinen Polster – die drei Kupfermünzen waren verschwunden! Dann war es also wahr, denn der Wegzoll war in der Anderswelt geblieben, die in den Raunächten ihre Pforten für liebevolle Besucher gerne offen hält.

Der Korb ist voll

Es waren einmal ... zwei Brüder, die sich gemeinsam auf Wanderschaft machten. Jeder von ihnen hatte einen Buckelkorb, um das Nötigste für die Reise mitzunehmen. Der ältere Bruder packte den Korb randvoll mit Proviant, Kleidung und allerlei Dingen, die ihm für die Reise nützlich erschienen.

Sein Korb war voll. Der jüngere Bruder nahm genau so viel Essen mit, wie er glaubte, dass er bis zur nächsten Herberge brauchen würde, und die Kleider, die er am Leibe trug. Sein Korb war halb leer.

Gemeinsam gingen sie los. Der ältere Bruder mühte sich mit seinem Gepäck ab, und da die Männer zu Fuß unterwegs waren, fiel er bald weit zurück. Der jüngere Bruder schritt leichtfüßig dahin und schlug sogar vor, dem Älteren etwas von seiner Last abzunehmen. Dieser verneinte, denn er konnte sich nicht einen Moment lang von seinen Habseligkeiten trennen. Zu schlimm war der Gedanke, er könnte etwas von seinem Hab und Gut brauchen und es just in diesem Moment nicht in seiner Nähe wissen.

Die Reise der Brüder nahm ihren Lauf. Immer wieder wartete der Jüngere auf den Älteren, der sich mit seinem schweren Korb abmühte. So ging das ein paar Tage dahin.

Schließlich beschlossen die beiden, sich zu trennen. Ihre Wanderschaft führte sie in ein fernes Land, wo die Brüder Arbeit finden wollten. Das war auch der Grund, warum der Ältere so viel mit sich herumschleppte, er wusste nicht, was dort in der Fremde auf ihn zukommen würde, und um auf Nummer sicher zu gehen, hatte er seinen halben Hausrat mit im Gepäck.

Der jüngere Bruder war schon immer ein sorgloser Mensch gewesen, durchaus gewissenhaft, aber auch voller Vertrauen in die Zukunft.

Mit den besten Wünschen und dem Versprechen, sich bald wiederzusehen, gingen die beiden Brüder auseinander. Die Reise des Älteren sollte noch Wochen dauern, der Jüngere hingegen war bald an seinem Ziel angelangt, fand sofort Arbeit und lebte sich schnell im fremden Land ein.

Dem Älteren erging es nicht so gut. Sein Rücken schmerzte und seine Füße versagten ihm den Dienst. Er musste immer wieder längere Pausen einlegen, um wieder zu Kräften zu kommen. Die schwere Last quälte ihn sehr, doch er wollte sein Hab und Gut nicht zurücklassen. Mehrmals ging er den Inhalt seines Buckelkorbes durch, aber er konnte sich von nichts trennen. Immerhin war der Proviant schon weniger geworden, doch es befanden sich immer noch fünf Laibe Brot darin, die mittlerweile schon recht zäh geworden waren und gar nicht mehr gut schmeckten.

Als der ältere Bruder völlig erschöpft endlich auch das gesuchte Land erreichte, erkannte er, dass ihn sein schwerer Korb beinahe daran gehindert hatte, überhaupt an seinem Ziel anzukommen. Er war nachdenklich geworden.

Sein Bruder empfing ihn mit offenen Armen und nahm ihm sogleich den schweren Buckelkorb ab. Gemeinsam arbeiteten sie einige Jahre in dem fremden Land. Als sie genug Geld verdient hatten, ging es wieder in die Heimat zurück.

Und wieder war es der ältere Bruder, der ein voll beladenes Kamel hinter sich her führte und sich damit die Heimreise erschwerte. Der jüngere Bruder dagegen ritt auf seinem Wüstentier schnurstracks nach Hause.

Der Ältere hatte nichts dazugelernt. Er hatte seine alte Last nur auf das Kamel umgelagert. Anstatt auf dem Tier bequem nach Hause zu reiten, führte er es zu Fuß durch die Wüstenhitze. So zogen also zwei Kamele durch die Wüste: eines auf vier und eines auf zwei Beinen.

Die ewige Münze

Es war einmal ... eine alte Frau. Eines Tages, es war in der Zeit der Raunächte, da gingen ihr die Vorräte aus. Schon immer war sie arm gewesen und führte ein karges Leben. Doch diesmal sah es wirklich mager aus, großer Hunger plagte die Alte.

In der Nacht träumte sie von der ewigen Münze. Eine Münze, die immer wieder zurückkehrte, egal, wie oft man sie ausgab. Da die Träume in den Raunächten die Wahrheit sagen, hoffte die Frau, dass es mit ihrer Not bald ein Ende haben würde.

Mit knurrendem Magen stand sie am nächsten Morgen auf und sah in den Briefkasten. Was sie da sah, ließ ihr Herz höher schlagen: Jemand hatte ihr eine Münze hineingelegt. Doch wer konnte sagen, ob das nun die ewige Münze war?

Da die Frau noch immer großen Hunger hatte, dachte sie nicht lange nach, ging in die Stadt und kaufte mit der Münze einen Laib Brot, Butter, Schinken und Käse. Das war für sie ein Festmahl! An diesem Abend aß sie sich seit langer Zeit wieder einmal so richtig satt und legte sich zufrieden schlafen.

Am nächsten Tag fand die Alte wieder eine Münze in ihrem Briefkasten. Es war also wirklich die ewige Münze, die zu der armen Frau gefunden hatte. Was für eine Freude! Das Wunder wiederholte sich sieben Tage lang. Am achten Tag hatte die Frau schon so viele Vorräte eingekauft, dass sie damit gut über den Winter kommen würde. Also beschloss sie, die Münze zu sparen und erst zu einem späteren Zeitpunkt auszugeben.

Sie hatte die ewige Münze unter das Kopfkissen gelegt, damit sie nicht gestohlen werden konnte. Doch am nächsten Morgen war die ewige Münze verschwunden. Auch der Postkasten war leer geblieben. Weder ein Brief noch eine Münze befanden sich darin. Der Zauber der ewigen Münze war gebrochen. Denn sobald man versucht, die ewige Münze aufzuheben, verschwindet sie für immer.

Die Geschenkedeuterin

Es war einmal ... eine weise Frau, die wohnte in einem kleinen Häuschen im Wald und konnte anhand von Geschenken Schlüsse ziehen – über die Menschen, die diese Gaben verschenkten, und über die Absichten, die dahintersteckten. Nicht nur über die Geschenke, die sie selbst bekam, sondern auch anhand der Dinge, die sich die Menschen gegenseitig schenkten, konnte die Frau all das erkennen.

Besonders nach Weihnachten hatte sie jede Menge zu tun. Ständig kamen junge Mädchen zu ihr gelaufen mit immer derselben Frage: „Liebt er mich?“ Meistens erfolgte die Antwort, bevor das Geschenk gezeigt wurde: „Wenn du zu mir kommen musst, um mir diese Frage zu stellen, wenn du es nicht selber spürst, ob er dich liebt, dann liebt er dich höchstwahrscheinlich nicht, oder du bist eine so starke Zweiflerin, dass dich auch meine Bestätigung nicht überzeugen könnte.“

Die Frau war sehr klug und wusste mit ihrer Gabe umzugehen. Nicht jedes Geschenk wurde gedeutet, nur dann gab sie bereitwillig Auskunft, wenn die Sache einen Sinn ergab. So kam eines Tages eine junge Frau zu ihr, die sich Sorgen machte um ihren Liebsten, der schon über ein Jahr in fernen Landen seinen Dienst verrichtete und aus diesem Grund auch an diesem Weihnachtsfest nicht bei ihr sein konnte.

„Liebe Frau, er hat mir etwas zu Weihnachten geschickt, das ich nicht verstehe. Ich kann ihn auch nicht fragen, weil er so weit weg ist und erst in einem halben Jahr wieder zu mir zurückkehrt.“

Das Geschenk bestand aus einem leeren Schneckenhaus und sechs rot-weiß-gestreiften Zuckerstangen. Das Geschenk war mit der Post gekommen, Brief war keiner dabei. „Ich bin so durcheinander! Ein leeres Schneckenhaus! Was soll das denn bedeuten? Glaubt er, ich sei eine Schnecke? Und Zuckerstangen, er weiß doch, dass ich nicht so viel naschen soll, weil ich nicht zu dick werden möchte!“

Die weise Frau lächelte. „Liebes Kind, sei beruhigt, dein Bursche liebt dich über alle Maßen. Das Schneckenhaus bedeutet, du sollst Geduld haben, weil es noch etwas dauert, bis er wieder nach Hause kommen kann. Und dass es leer ist, soll heißen, dass er mit dir eine eigene Familie gründen möchte, wenn er zurückkommt. Also gedulde dich, bis dein Liebster heimkehrt, dann wird er um deine Hand anhalten und ihr werdet Hochzeit feiern!“

Die junge Frau strahlte über das ganze Gesicht. Doch jetzt fielen ihr die Süßigkeiten wieder ein: „Und was ist mit den Zuckerstangen?“

„Auch diese süßen Stangen sind ein schöner Liebesbeweis. Dein Liebster mag dich genauso, wie du bist, und findet dich nicht zu dick, sonst hätte er dir nicht diese süßen Sachen zukommen lassen. Außerdem möchte er dir die Wartezeit versüßen: für jeden Monat eine Zuckerstange. Die rot-weißen Streifen stehen für seine reine Liebe zu dir. Dieser Mann liebt dich aufrichtig, du kannst dir seiner Zuneigung sicher sein!“

Das Mädchen fiel der weisen Frau um den Hals und weinte vor Freude! Glücklichen Herzens machte es sich auf den Heimweg und staunte nicht schlecht, als drei Tage später der zum symbolträchtigen Weihnachtsgeschenk gehörige Brief ins Haus flatterte.

Und wirklich, sechs Monate später, als Gustav Veronika wieder in seine Arme nehmen konnte, hielt er auch gleich um ihre Hand an. Die beiden heirateten und bauten sich ein schönes Häuschen am Waldesrand. Das leere Schneckenhaus ließ sich Veronika vergolden und trägt es seitdem als Zeichen ihrer beider Liebe an einer Kette um den Hals.

Irgendwo im Wald sitzt auch heute noch die weise Frau in ihrem Häuschen und deutet die Geschenke der Menschen, aber sei dir bewusst, dass du einen wirklich guten Grund haben musst, um zu ihr zu gehen!

Liebste Veronika!

*Ich schicke dir aus fernen Landen meine liebsten Weihnachtsgrüße.
Das leere Schneckenhaus habe ich im Wald gefunden. Ich möchte
dir damit sagen, wie langsam hier die Zeit für mich vergeht ohne
dich, und wie sehr ich mich in Geduld üben muss, sodass nicht mein
Herz zerspringt vor lauter Sehnsucht nach dir!*

*Die Zuckerstangen sollen dir die Zeit
bis zu meiner Rückkehr versüßen!*

*In innigster Liebe,
dein Gustav*

Die vierte Raunacht erzählt.

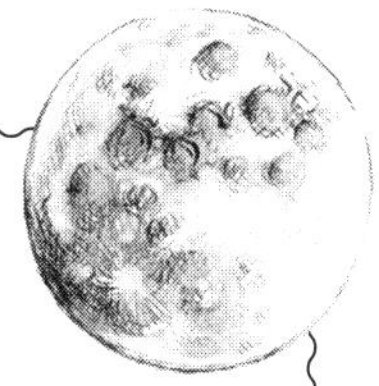

Vierte Raunacht: 27./28. Dezember, Tag der „Unschuldigen Kinder"
Traummonat: April
Was kann ich tun: annehmen, was ist

Die vierte Raunacht steht für den Monat April. Nicht nur der April kann ein launischer Wettermonat sein. Auch wir selbst hadern oftmals mit den Launen der Natur unseres eigenen Lebens. Wir haben die Möglichkeit, gegen diese „Launen" anzukämpfen oder sie zu akzeptieren. Wie viele aus Erfahrung wissen, ist Letzteres meist die bessere Variante, durchs Leben zu gehen.

Sicher kennen Sie den bekannten Spruch des deutsch-amerikanischen Theologen Reinhold Niehbur (1892–1971): „Gott, gib mir die Gelassenheit, Dinge hinzunehmen, die ich nicht ändern kann, den Mut, Dinge zu ändern, die ich ändern kann, und die Weisheit, das eine vom anderen zu unterscheiden." Dieser Spruch ist ein guter Leitfaden für den Umgang mit dem Schicksal.

Bei den Germanen gab es die Vorstellung, dass während der Raunächte die Schicksalsfäden der Menschen von den drei Nornen neu gewebt werden. Schauen wir uns heute unser „Schicksal" bewusst an. Was können wir nicht in unser Leben integrieren? Was können wir annehmen?

Nutzen Sie auch diesen Tag für einen Jahresrückblick: Was war gut im Monat April des vergangenen Jahres, und was war schlecht? Achten Sie wieder besonders auf Ihre Träume. Denn die Raunächte eröffnen uns immer wieder einen Blick in die Zukunft. Was Sie heute Nacht träumen, das betrifft den Monat April im kommenden Jahr.

⊱ Das geteilte Leid ⊰

Es war einmal ... eine junge Frau, die ihr Kind bei einem tragischen Unfall verloren hatte. Während sie Wäsche am Fluss gewaschen hatte, war das Kind ins Wasser gefallen und etrunken. Die Mutter machte sich große Vorwürfe, dass sie dieses Unglück nicht verhindert hatte. Schuldgefühle plagten sie tagein, tagaus. Warum hatte sie nicht besser aufgepasst, warum nur ihr Kind?

Der Kummer der Frau war groß. Sie gab sich selbst die Schuld am Tod des Kindes und dachte schon daran, sich das Leben zu nehmen, da mit ihrem Kind auch der Sinn ihres Lebens verschwunden schien.

Doch im Wald lebte eine Hexe, von der es hieß, sie könne Tote wieder zum Leben erwecken und manch andere Wunder tun. Von dieser Hexe hatte auch die Frau gehört, und in ihrer Verzweiflung beschloss sie, die Hexe aufzusuchen. Gar schlimme Geschichten rankten sich um sie: Sie sollte böse sein und sich von Menschenfleisch ernähren. Niemand im Dorf hatte es je gewagt, sie aufzusuchen. Doch die Frau hatte nichts zu verlieren und so ging sie in den Wald.

Nach drei Tagen fand sie das Haus der Hexe, ein unscheinbares Holzhäuschen. Sie klopfte an die Tür. Eine freundlich aussehende Frau mittleren Alters öffnete. War das tatsächlich die böse Hexe?

„Was willst du von mir?“, fragte die vermeintliche Hexe.

„Ich möchte dich bitten, dass du mein Kind wieder zum Leben erweckst.“

Die Frau erzählte der Hexe ihre traurige Geschichte. Die Hexe war in Wirklichkeit nicht böse, sie selbst war es gewesen, die böse Gerüchte über ihre Person verbreitet hatte, um Ruhe vor den Menschen zu haben. Sie war eine Einsiedlerin und hatte keine rechte Freude mit Besuchern. Im Fall der Frau machte sie eine Ausnahme, denn sie spürte ihre Verzweiflung und bewunderte ihren Mut, zur „bösen“ Hexe in den Wald gekommen zu sein.

Natürlich konnte die Einsiedlerin keine Toten zum Leben erwecken. Das verriet sie der Frau aber nicht, denn ihr kam plötzlich eine ganz andere Idee.

„Liebe Frau, du musst eine Aufgabe erfüllen, dann kann ich dir vielleicht helfen. Gehe nach Hause in dein Dorf. Besuche jedes Haus und frage nach einem Todesfall. Wenn du eine Familie finden kannst, deren Schicksal vom Tod verschont blieb, dann kommst du wieder zu mir und ich werde sehen, was ich für dich tun kann.“

Die Frau kehrte zurück ins Dorf und fing sofort an mit ihren Besuchen. Im ersten Haus hatte eine Mutter ihre zwei Söhne im Krieg verloren, im zweiten Haus hatte die Fiebergrippe Mann und Kind dahingerafft, im nächsten Haus waren es die Eltern, die bei Holzarbeiten von einem Baum erschlagen worden waren und die Kinder als Waisen zurückgelassen hatten. Je mehr Häuser die Frau besuchte, desto mehr Schicksalsschläge erfuhr sie von den Leuten. Gemeinsam sprachen sie über ihre Verluste und betrauerten ihre Toten. Doch kein einziges Haus konnte die Frau finden, das vom Tod verschont geblieben war.

Die Frau suchte die Hexe im Wald abermals auf und berichtete über ihre Erfahrungen. Durch die vielen Geschichten der Dorfbewohner war der Frau bewusst geworden, dass sie nicht alleine war mit ihrem Schmerz und ihrer Trauer. Die Hexe tröstete sie: „Wir empfinden unser Schicksal oft als grausam, doch wir, die wir noch leben, müssen stark sein und unsere tragischen Verluste akzeptieren. Dein Kind ist im Himmel und es geht ihm gut. Sei getrost, Gott schenkt dir vielleicht noch ein Kind in diesem Leben, wenn du es willst, doch musst du lernen, dein Schicksal anzunehmen und darfst nicht selbst als lebendige Tote durchs Leben gehen."

Die Hexe hatte selbst ihre Liebsten verloren, sie waren auf dem Scheiterhaufen verbrannt worden. Sie hatten Menschen mit Kräutern und weisen Handlungen geholfen. Aber als einmal ein schreckliches Unwetter die halbe Ernte im Dorf zerstört hatte, hatte man sie sofort verdächtigt. Das war auch der Grund, warum sie zur Einsiedlerin wurde und sich im Wald versteckte. Heute liebte sie ihr einsames Leben und hatte ihr Schicksal angenommen.

Die Frau dankte der Hexe und musste versprechen, niemandem zu verraten, dass die Hexe im Wald alles andere als böse war.

Ab diesem Zeitpunkt haderte die Frau nicht mehr mit ihrem Schicksal. Sie besuchte die Dorfbewohner, um ihnen zu helfen, ihre Lebenslage so gut wie möglich anzunehmen. Ein Jahr später gebar sie ein Kind und freute sich über dieses besondere Geschenk des Himmels. Ihr erstes Kind behielt sie in liebevoller Erinnerung. Nie würde sie es vergessen können. Doch sie hatte gelernt, es loszulassen und sich selbst wieder des Lebens zu freuen.

Die lange Nase

Es war einmal … ein junges Mädchen, das hatte eine besonders ausgeprägte Nase. Die Mutter versteckte das Kind, solange es ging, um es vor dem Spott und dem Hohn der Menschen zu beschützen. Doch irgendwann musste das Mädchen beginnen, sich samt seiner riesigen Nase in der Öffentlichkeit zu zeigen. Der Spott der Leute war groß und der Seelenschmerz des Mädchens auch. Wo es auch hinkam, überall sahen die Menschen nur seine Nase.

Das Mädchen war verzweifelt und wollte nicht mehr außer Haus gehen. Doch die Großmutter wusste ein Ritual, das helfen sollte. In den Raunächten können Wunder geschehen, so hieß es. Und im großen Zauberbuch stand geschrieben, dass in den Raunächten den guten Leuten geholfen wird und die schlechten Leute zur Rechenschaft gezogen werden.

Das Mädchen war ein guter Mensch. Auch der viele Spott und Hohn hatte es in seinem liebenswerten Wesen nicht verändert. Also standen die Chancen nicht schlecht, dass ihm geholfen werden konnte.

In den Raunächten setzten sich das Mädchen und die Großmutter gemeinsam zur Feuerstelle im Haus und warfen Räucherwerk in die Glut. Es war eine besondere Räuchermischung, die Rezeptur wurde von der Großmutter streng gehütet.

Durch den aufsteigenden Rauch konnte das Mädchen zu den Raunachtsgeistern Kontakt aufnehmen. Der Rauch hüllte das Mädchen ein und plötzlich vernahm es eine Stimme im Innern, die nicht seine eigene war.

„Deine große Nase ist ein Geschenk des Himmels. Schönheit erkennt man nicht an der Oberfläche eines Gesichtes, sondern im Herzen eines Menschen. Der Mann, der dich um deiner selbst willen liebt, der Mann ist deiner würdig. Du bist ein besonderer Mensch, und ob du es glaubst oder nicht, deine Nase hilft dir, deinen Weg zu gehen, sie macht dich einzigartig! Trage deine Nase mit Stolz zur Schau, liebe deine Nase und sei dankbar dafür. Damit sei dir geholfen."

Das Mädchen hatte sich eigentlich eine wundersame Verkleinerung seiner Nase erwartet und war jetzt noch trauriger. Die Worte der Geister waren weise, das wusste es, doch konnte es diese Botschaft nicht annehmen. Zu sehr schämte sich das Mädchen für seine große Nase. Es sollte stolz darauf sein? Wie sollte das denn funktionieren, wenn alle mit dem Finger auf das Mädchen zeigten und es verspotteten?

Die Großmutter redete dem Mädchen gut zu, sie hoffte, dass es den Rat der Raunachtsgeister annahm, denn sie wusste, dass das der einzige Weg war, dem Mädchen auf Dauer zu helfen.

Am nächsten Tag sah das Mädchen in den Spiegel und betrachtete seine Nase. Leider war sie noch immer nicht kleiner geworden. Das Mädchen hoffte täglich auf ein Wunder, doch die Nase blieb, wie sie war.

Da geschah es, dass der Prinz des Landes nach einer Braut Ausschau hielt. Es war in der Zeit der Raunächte, als er mit seinem Gefolge durch die Gegend ritt, um die Schlösser und Burgen im Land aufzusuchen und die schönen Burgfräulein, Prinzessinnen, Herzoginnen, Baroninnen und Gräfinnen in Augenschein zu nehmen.

Bei seinem Ritt kam es immer wieder vor, dass sich der Prinz vom Gefolge entfernte und mit seinem schnellen Rappen davonpreschte. Er galoppierte wie ein Wilder über Stock und Stein und durch den Wald. Leider wusste der Prinz nicht, dass in diesem Wald Fallensteller eine Grube ausgehoben hatten, um darin Wildtiere zu fangen.

Das Pferd stürzte samt dem Prinzen in die Grube und niemand vom königlichen Gefolge merkte etwas vom Verbleib des Königssohnes. Sie galoppierten an der Stelle, wo es geschehen war, einfach vorbei und dachten, der Prinz sei schon weit vorausgeritten.

Doch der Prinz lag bewusstlos in der Grube, das Pferd halb auf ihm und es sah nicht gut aus für den jungen Monarchen und sein Reittier.

Das Mädchen mit der ausgeprägten Nase war gerade beim Holzsammeln im Wald, als es die eingestürzte Fallgrube entdeckte. Gemeinsam mit seinen drei Brüdern (die übrigens auch alle sehr große Nasen hatten) rettete es den herrschaftlich angezogenen jungen Mann und sein Pferd aus der Grube. Sie brachten ihn auf den nahe gelegenen Hof, wo das Mädchen sich liebevoll um ihn kümmerte.

Nach drei Tagen erwachte der Prinz. Das Mädchen hatte große Scheu, ihm mit seiner Nase unter die Augen zu treten. Natürlich hatte es sich längst in den Fremden verliebt, doch wagte es nicht einmal zu hoffen, dass er es auch nur eine Spur nett finden könnte. So geschah es, dass das Mädchen mit einem Schleier verhüllt an seine Bettstatt trat. Natürlich war der Prinz neugierig, wer sich wohl hinter diesem Schleier verbarg und bat das Mädchen, das feine Tuch abzunehmen. Doch es war dem Mädchen unmöglich, sich ihm in seiner wahren Erscheinung zu zeigen. Das änderte sich auch nicht, als der gutaussehende Patient sein eigenes Geheimnis lüftete und dem Mädchen mitteilte, dass er der Prinz des Landes sei. Ganz im Gegenteil, jetzt schämte sich das Mädchen noch mehr.

Aber der Königssohn ließ nicht locker. Nach ein paar Tagen war es so weit, das Mädchen wollte gerade den Kopfpolster zurechtrücken, als der Prinz geschwind den Schleier lüftete.

Das Mädchen wich rasch zurück, doch es war zu spät, der Prinz hatte die große Nase bereits gesehen. Das arme Mädchen hielt sich beide Hände vors Gesicht und entschuldigte sich für den hässlichen Anblick.

Doch der Prinz fand diesen Anblick ganz und gar nicht hässlich. Er mochte große Nasen und hatte auch selbst ein nicht zu übersehendes Riechorgan mitten im Gesicht. Doch bei einem Prinzen war das kein Problem, da galt eine große Nase als stattlich und edel, ja sogar königlich.

„Liebes Mädchen, du brauchst dich wegen deiner Nase nicht zu schämen. Deine Nase ist sehr schön. Große Nasen zeugen von Charakter, innerer Größe und von Entschlossenheit. Deine Nase ist gerade gewachsen und sieht sehr elegant aus, lass dir das von jemandem sagen, der selbst eine nicht zu kleine Nase im Gesicht trägt!“, sprach der Prinz dem Mädchen aufmunternd zu.

Das Mädchen konnte die Worte des Prinzen kaum fassen. Hatte er gescherzt oder meinte er es gar ernst? Das konnte nicht sein! Doch der Prinz hatte die Wahrheit gesprochen, er mochte seine große Nase und fand auch die des Mädchens nicht abstoßend, ganz im Gegenteil, das Mädchen gefiel ihm sogar ausnehmend gut.

Schönheit liegt immer im Auge des Betrachters. Was für den einen Menschen hässlich ist, kann für den anderen attraktiv sein. Seine eigene Schönheit muss man selbst erkennen, und manchmal kann es helfen, wenn ein Prinz mit einer großen Nase ein wenig Überzeugungsarbeit leistet.

Der Prinz wurde leider viel zu schnell gesund. Das lag einerseits an der guten Pflege und andererseits an der Liebe, die er für das Mädchen empfand. Denn bekanntlich ist nichts heilsamer als die Liebe selbst.

Deshalb musste der Prinz sein Krankenlager bald schon verlassen. Das Mädchen war darüber sehr traurig. Drei Tage später jedoch stand er plötzlich mit dem halben Hofstaat wieder vor der Türe und machte dem Mädchen sein Aufgebot.

Wer hätte jemals gedacht, dass das Mädchen mit der großen Nase eine Prinzessin würde, ja sogar irgendwann einmal Königin des Landes? Es war doch etwas ungewöhnlich, dass ein Prinz ein Bauernmädchen freite, aber die Liebe kennt bekanntlich keine Grenzen, und so holte er das Mädchen als seine Frau in den Palast. Bald gab es Hochzeit und eine neue Mode im Land. Große Nasen waren bei Frauen plötzlich ziemlich schick, jede Frau wollte so eine große Nase wie die schöne Prinzessin haben, immerhin hatte sie sich damit einen Prinzen geangelt!

Oft dachte die Prinzessin noch an die Worte der Raunachtsgeister zurück. Sie hatten recht gehabt. Zuweilen braucht man ein bisschen Unterstützung, um sich selbst zu erkennen, seien es gute Geister oder liebe Menschen.

Prinz und Prinzessin lebten glücklich und bekamen viele, viele Kinder mit immens großen Nasen im Gesicht. Und wenn sie nicht gestorben sind, dann sind sie heute noch stolz auf ihre Nasen, die schließlich sogar in das königliche Familienwappen Aufnahme fanden.

Die drei Nornen

Es war einmal ... eine junge Frau, die haderte mit ihrem Schicksal. Sie war gesund, jung und schön, und trotzdem war sie unglücklich. Sie wünschte sich nichts sehnlicher, als in Reichtum und Luxus zu leben. Die Eltern der Frau waren arme Bauersleute, und so hatte sie nicht die Möglichkeit, das Leben zu führen, das sie sich wünschte. Auch mit den Heiratskandidaten sah es mager aus. Denn die Burschen, die sich um sie bemühten, waren ebenfalls arm.

Ihre Großmutter hatte ihr als Kind von den Nornen erzählt, den drei Schicksalsweberinnen, die am Fuße des Weltenbaumes Yggdrasil sitzen und das Schicksal der Menschen weben. In den Raunächten, so sagte die Großmutter, stünden die Türen zur Anderswelt weiter offen als sonst, und wenn man geschickt sei, dann könne man die drei Nornen besuchen und mit ihnen über sein Schicksal verhandeln.

Die junge Frau wollte dem Schicksal, als arme Bauersfrau zu leben, unbedingt entkommen. In den Raunächten versuchte sie also ihr Glück. Sie ging um Mitternacht an einen magischen Ort im Wald, machte ein kleines Feuer und fing an, über die glühenden Kohlen Räucherwerk zu streuen. Benebelt vom Rauch, fiel sie in einen tiefen Schlaf und gelangte durch einen Traum in die Anderswelt.

Es war anders als sonst, wenn sie träumte. Alles schien ihr so echt. Die Gestalten, die sie traf, waren nicht von dieser Welt. Von ihrer Großmutter wusste sie, dass sie niemanden ansprechen dürfe, denn sonst wäre sie verloren. So gelangte sie zu einer Wegkreuzung mit einem Wegweiser, auf welchem stand: „Wohin du willst".

„Ich will zu den Nornen, zum Weltenbaum Yggdrasil", dachte sie, und kaum hatte sie den Gedanken formuliert, drehte sich der Wegweiser, wie von Zauberhand bewegt, in die Richtung, die geradewegs zu den Nornen führte.

Die drei Nornen saßen am Fuße des mächtigen Weltenbaumes und waren ins Flachsspinnen vertieft. Als die junge Frau herankam, sah eine der drei Nornen auf. Es war Urd, die Norne der Vergangenheit. „Was willst du hier?", fragte Urd nicht gerade freundlich.

Die Frau nahm ihren ganzen Mut zusammen und trug ihren Wunsch vor: „Ich bin zu euch gekommen, um zu fragen, ob ihr nicht mein Schicksal ändern könnt. Ich bin ein armes Bauernmädchen und möchte doch so gern reich sein oder einen reichen Mann heiraten. Ich möchte nicht als arme, alte Jungfer enden. Bitte helft mir, ich bin so unglücklich!"

Urd, die Norne der Vergangenheit, wurde jetzt freundlicher: „Das ist verständlich, dass nicht jeder Mensch mit seinem Schicksal zufrieden ist. Ich sage dir, fast kein Mensch ist zufrieden mit seinem Schicksal. Ich bin die Norne der Vergangenheit und ich kann dir berichten, dass sich deine Zukunft aus der Vergangenheit und aus der Gegenwart zusammensetzt. Doch ich kann dein Schicksal nicht ändern, da musst du schon meine Schwestern fragen."

Nun sprach Verdandi, die Norne der Gegenwart: „Wenn du dein Schicksal ändern willst, dann versuche zuerst, es anzunehmen. Wer sagt dir, dass du, wenn du reich bist, auch glücklich bist? Lebe im Hier und Jetzt, und freue dich daran. Grüble nicht über deine Vergangenheit und deine Zukunft. Lerne, etwas mit dir und deinem Leben anzufangen, anstatt nur zu jammern und dein Schicksal zu verdammen. Es hat einen Sinn, warum du in eine arme Bauernfamilie geboren wurdest, es hat alles einen Sinn im Leben."

Bevor die junge Frau noch etwas sagen konnte, begann nun Skuld, die dritte Norne, zu sprechen: „Ich bin die Norne der Zukunft, und ich webe gerade die Fäden für dein nächstes Lebensjahr. Dein Schicksal kann ich nicht ändern, aber ich gebe dir einen guten Rat: Du darfst dich nicht nur auf materielle Dinge konzentrieren, sondern musst lernen, auch auf dein Herz zu hören. Da gibt es einen Mann, der dich aufrichtig liebt. Er hat nicht viel Geld, aber er ist ein tüchtiger Mensch. Gemeinsam könnt ihr es zu Wohlstand bringen, und was noch viel wichtiger ist: Ihr könnt miteinander glücklich werden, wenn du aufhörst, nur dem Geld nachzurennen!"

Die drei Nornen hatten gesprochen und die junge Frau war ziemlich enttäuscht.

„Ja, aber ich möchte doch reich sein und nicht mehr so ein armes Bauernmädchen!", protestierte sie. Doch bevor sie diesen Satz fertig sprechen konnte, wachte die Frau auf. Es hatte zu schneien begonnen und der Schnee löschte das Feuer, mit dessen Hilfe sie zu den Nornen gelangt war.

Trotzig ging die junge Frau nach Hause. Sie hatte sich mehr von dem Besuch bei den Nornen erwartet. Den Paul-Michl sollte sie heiraten, pah, diesen Nichtsnutz! Wütend stampfte sie auf den verschneiten Waldboden und plötzlich stand eine Frau vor ihr, die ihr bekannt vorkam. Es war die verstorbene Großmutter, die in den Raunächten zurückgekommen war, um ihrer Enkelin ins Gewissen zu reden.

„Mein liebes Kind, du warst bei den Nornen, sie haben zu dir gesprochen und du solltest ihren Rat ernst nehmen. Du kannst nicht ein Leben lang dein Schicksal verfluchen, denn dann verfluchst du dich selbst. Es ist an der Zeit, dich zu ändern, nimm deine Bestimmung an und mach das Beste daraus! Auch ich war eine unzufriedene Frau, auch ich bin zu den Nornen gegangen, und sie haben mir den besten Rat meines

Lebens gegeben. Ich habe auf ihr Geheiß hin deinen Großvater geheiratet und wir haben ein bescheidenes, aber sehr glückliches Leben geführt!"

Die Gestalt der Großmutter verblasste und die Frau wurde nachdenklich. Warum war sie nur so unzufrieden mit sich selbst und der Welt? Ständig verfolgte sie der Gedanke, sie hätte etwas Besseres verdient als dieses armselige Leben hier auf dem Hof ihrer Eltern. Sie überlegte sich, was ihr im Leben eigentlich Spaß machte. Sie trug gern schöne Kleider, aber mangels Geld konnte sie sich keine kaufen.

„Wenn ich mir keine schönen Kleider leisten kann, dann will ich lernen, mir selbst welche zu nähen." Damit fasste sie den ersten sinnvollen Gedanken seit Langem. Die Frau ging in die Schneiderlehre und wurde eine begnadete Schneiderin. Sie nähte nicht nur für sich selbst schöne Kleider, sondern auch für andere Menschen, die gerne zu ihr kamen. Sie wurde mit der Schneiderei zwar nicht reich, aber dafür glücklich.

Und den Paul-Michl erhörte sie schließlich auch noch. Eines Tages öffnete sie ihm – als er wieder einmal zum Fensterln kam – nicht nur die Fensterläden, sondern auch ihr Herz.

So hatte es die junge Frau doch noch geschafft, ihr Schicksal zum Besseren zu wenden. Wenn sie auch nicht im materiellen Sinne reich geworden war, hatte sie doch erkannt, dass der Reichtum im Inneren viel mehr wert ist als alles Gold der Welt. Lange hatte sie für diese Erkenntnis gebraucht und nur sie selbst hatte sich auf den richtigen Weg begeben können. Die guten Wünsche und Ratschläge der Nornen und ihrer Großmutter hatten sie wachgerüttelt für ihren inneren Reichtum.

Und wenn sie nicht gestorben ist, dann näht sie noch heute schöne Kleider und lebt mit ihrem Paul-Michl glücklich und zufrieden in einem kleinen Häuschen in einem kleinen Dorf, dessen Namen wir nicht kennen.

Die fünfte Raunacht erzählt.

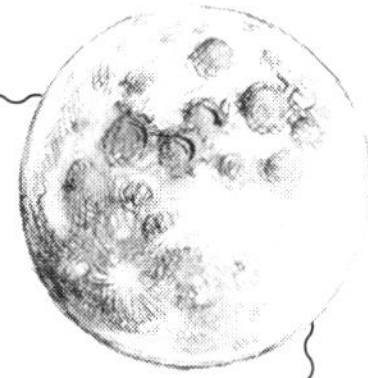

Fünfte Raunacht: 28./29. Dezember
Traummonat: Mai
Was kann ich tun: die eigene Gesundheit hinterfragen, alte Gewohnheiten beleuchten, in sich hineinhören

Die fünfte Raunacht steht für den Monat Mai. Alles neu macht der Mai, heißt es. Die Natur blüht auf und vielleicht wir mit ihr. Was möchten Sie im neuen Jahr zum Blühen bringen in Ihrem Leben? Vielleicht sich selbst? Da können Sie sich gleich die Frage stellen: Wie geht es mir körperlich? Habe ich irgendwelche Beschwerden, die mich das ganze Jahr begleiten oder regelmäßig auftreten?

Heute ist ein guter Tag dafür, Bilanz zu ziehen, wie es mit Ihrer Gesundheit steht. Treiben Sie Sport? Wie ernähren Sie sich? Denken Sie einfach einmal darüber nach, was Sie in Ihrem Leben verbessern möchten. Vielleicht hilft Ihnen das schon, um ein Umdenken zu erreichen.

Schauen Sie sich auch Ihre Gewohnheiten an. Haben Sie etwas mit Ihrem Gesundheitszustand zu tun? Vielleicht schaffen Sie es, im neuen Jahr mehr auf Ihren Körper zu hören und mit alten, ungesunden Gewohnheiten zu brechen. Die Raunächte geben uns die Möglichkeit zur Bestandsaufnahme. In dieser Zeit sind Veränderungen besser erreichbar.

Nutzen Sie auch diesen Tag für einen Jahresrückblick: Was war gut im Monat Mai des vergangenen Jahres, und was war schlecht? Achten Sie wieder besonders auf Ihre Träume. Denn die Raunächte eröffnen uns immer wieder einen Blick in die Zukunft. Was Sie heute Nacht träumen, das betrifft den Monat Mai im kommenden Jahr.

Der Jammerlappen

Es war einmal ... ein Mann, der den ganzen Tag lang nur jammerte. Das Essen schmeckte einmal zu fad, dann war es ihm wieder zu salzig. Draußen war es entweder zu kalt oder zu heiß. Er steckte grundsätzlich jeden Tag im Stau und im Radio wurden nur Lieder gespielt, die er nicht mochte.

Der Mann lebte alleine, keine Frau hatte es bisher mit ihm ausgehalten. Und keine Frau konnte es ihm bis jetzt recht machen. Die eine war zu dick, die andere zu dünn, die eine war zu schlampig, die nächste hatte einen Putzfimmel. Immer wieder schaffte er es, etwas zu finden, was ihm nicht passte an einem Menschen, einer Situation, der Zeitung, dem Fernsehprogramm – egal, worum es sich handelte, er fand garantiert einen guten Grund zum Jammern.

So konnte das nicht weitergehen. Der Mann stand auf der Himmels-Jammer-Liste ganz weit oben. Niemand auf der Erde sollte sein ganzes Leben mit Jammern verbringen. Da schellen im Himmelreich die Alarmglocken, so ein Leben ist eine totale Verfehlung und muss korrigiert werden.

In den Raunächten wird den Menschen durch Träume oder Eingebungen geholfen, ihre Fehler zu erkennen, um es in Zukunft besser machen zu können. In besonders hartnäckigen Fällen wie bei unserem notorischen Jammerer reicht das aber oft nicht aus. Träume werden ignoriert und Eingebungen erst gar nicht wahrgenommen. Doch auch diesem Mann sollte in den Raunächten geholfen werden.

So wurde wieder einmal Wichtel Edeke zur Erde geschickt, um bei dem Mann nach dem Rechten zu sehen. In ganz seltenen Fällen wird es notwendig, dass Wichtel sich sichtbar machen. Das ist jedes Mal eine große Ausnahme und bedarf einer eigenen Genehmigung. Bei unserem Jammerer halfen keine unsichtbaren Wichtelkräfte mehr, er brauchte unbedingt eine sichtbare Wichtelbegleitung.

Wichtel Edeke war ziemlich aufgeregt. Auch für ihn war es das erste Mal. Noch nie hatte er sich vor einem Menschen sichtbar gemacht. In den Raunächten reiste er schließlich zur Erde, um dem jammernden Mann einen Besuch abzustatten.

Wie es sich bei einem offiziellen Besuch gehörte, läutete Wichtel Edeke an der Tür. Das war normalerweise auch nicht seine Art, aber bei diesem Besuch war eben alles anders.

Der Mann öffnete und konnte niemanden sehen. Als er die Tür wieder schließen wollte, machte sich Wichtel Edeke bemerkbar: „Hallo da oben! Hier bin ich, hier unten auf der Fußmatte!“

Der Mann erschrak, als er den knapp zehn Zentimeter großen Wichtel Edeke entdeckte. „Ich bin Wichtel Edeke. Der Himmel schickt mich, um dir zu helfen. Darf ich hereinkommen?"

„Bist du nicht ein wenig klein für einen Wichtel? Ich habe mir Wichtel immer etwas größer vorgestellt, so um die zwanzig Zentimeter sollte ein Wichtel schon groß sein!" Der Mann konnte es einfach nicht lassen, nichts passte ihm, nicht einmal die Größe von Wichtel Edeke!

„Kein Problem, ich kann mich auch größer machen, wenn dir das lieber ist", gab dieser schlagfertig zur Antwort.

Der Mann war neugierig geworden und ließ den besonderen Gast eintreten. Zuallererst erklärte Wichtel Edeke dem Mann so schonend wie möglich, warum er zu ihm gekommen war. Und – was für eine Überraschung, der Mann freute sich! Sein ewiges Jammern ging ihm selbst schon auf den Keks. Sofort jammerte er Wichtel Edeke an, dass er immer so viel jammere ... Doch unser Wichtel war gut vorbereitet und hatte einen Plan. Während der gesamten Raunächte wollte er den Mann begleiten, um ihm in jeder Jammer-Situation hilfreich zur Seite zu stehen. Am nächsten Tag sollte die Wichtelmission beginnen.

Der Mann musste zur Arbeit, er hatte sich zwischen den Feiertagen nicht freigenommen. Eine gute Gelegenheit für Wichtel Edeke, mit seinem Wichtelprogramm zu starten. Schon in der Früh beim Aufstehen beklagte der Mann, A) dass er noch müde war, B) dass ihm das Kreuz wehtat und C) dass er nicht gut geschlafen hätte.

Wahrlich ein schwerer Fall, dieser Mann! Und nun hatte er auch noch jemanden, den er anjammern konnte. Doch unser Wichtel wusste, was zu tun war. Er machte dem Mann eindrucksvoll klar, dass A) er zu einer Minderheit auf der Erde gehörte, die eine fixe Anstellung hatten und dadurch in der Früh auch einen guten Grund zum Aufstehen, B) dass seine Kreuzschmerzen von seinem Bewegungsmangel und seiner schlechten Sitzhaltung herrührten und C) dass er wiederum zu einem auserwählten Kreis von Menschen auf der Erde gehörte, die im stolzen Besitz eines Bettes waren.

Der Mann staunte sehr über die Schlagfertigkeit des Wichtels und fing an nachzudenken. So hatte er seine bedauernswerte Situation noch gar nicht gesehen, dass es Menschen auf der Welt gab, denen es noch viel, viel schlechter ging als ihm ...

Nichtsdestotrotz nörgelte er im Badezimmer gleich weiter, die Zahnpastatube war fast leer und die Klopapiervorräte neigten sich auch dem Ende zu. Was für ein Elend! Wichtel Edeke belehrte den Mann, dass Vorratshaltung von Alltagsgegenständen kein Fehler sein konnte, und dass er beim nächsten Einkauf vielleicht einmal daran denken sollte, was er alles zur Reserve anlegen könnte.

Schon wieder hatte der Wichtel recht, so viele Kleinigkeiten im Leben des Mannes summierten sich zu seinem persönlichen Jammertal. Wichtel Edeke schrieb alles auf, was notwendig war. Er legte eine Anti-Jammer-Liste an.

Über Weihnachten hatte der Mann ein bisschen zugenommen, die Hose kniff beim Anziehen, was natürlich schon wieder Anlass zum Lamentieren gab. Die Wichtel-Antwort darauf lautete: Sport betreiben und damit gleich zwei Fliegen mit einer Klappe schlagen. Sport hilft nicht nur gegen den Feiertagsspeck, sondern auch gegen die Kreuzschmerzen. Dem Mann war schon ganz schlecht von so vielen guten Ratschlägen. Wo sollte das noch enden?

Beim Frühstück schlug der Mann die Zeitung auf und regte sich gleich wieder über die Politiker auf. „So eine Schweinerei, die planen schon wieder eine Steuererhöhung!"

Wichtel Edeke rief ihm in Erinnerung, dass mitunter er es gewesen war, der diese Regierung gewählt hatte, und dass er es auch war, der sich nie um etwas kümmern wollte und wichtige Entscheidungen am liebsten anderen Menschen überließ. Das war jetzt echt gemein, nicht einmal über die Politiker durfte der Mann mehr jammern! Doch Wichtel Edeke nahm seinen Auftrag sehr ernst, immerhin schickte ihn der Himmel!

Und weiter ging es im alltäglichen Jammerprogramm. Der Kaffee schmeckte schal und der Toast war verbrannt, wie jeden Morgen eben. Wichtel Edeke schüttelte den Kopf, schön langsam war er sich seiner Mission nicht mehr so ganz sicher. Es kam ihm so vor, als wollte der Mann gar nicht mit dem Jammern aufhören, immerhin hatte er sich den Kaffee selbst gekocht und auch den Toast selbst zubereitet.

Das viele Zetern musste irgendeine Funktion haben, nur welche? Wichtel Edeke dachte nach. Konnte es sein, dass der Mann von irgendetwas ablenken wollte mit seiner Jammerei?

Mit dem Auto ging es in Richtung Innenstadt zur Arbeitsstätte des Mannes. Das Auto sprang erst beim dritten Versuch an und das Jammern des Mannes hatte sich in ein ausgewachsenes Fluchen verwandelt. Im Radio lief ein Song, den der Mann nicht ausstehen konnte. Wichtel Edeke hatte mit seinen guten Ratschlägen aufgehört und angefangen, den Mann zu beobachten. So einfach wäre es gewesen, das Radio abzudrehen oder auf einen anderen Sender zu wechseln. Aber nein, der Mann hörte sich den Song in voller Länge an, schimpfte dabei über den Sänger und dass er seine krächzende Stimme nicht aushalten könne, und dieser schnulzige Text, also wirklich!

Wichtel Edeke wollte dieser Jammerei auf den Grund gehen. Seine Lösungsansätze und Tipps kratzten bis jetzt nur an der Oberfläche des Problems. Mit seinen Wichtelkräften hatte er Zugang zum Unterbewusstsein des Mannes und stellte fest, dass das Jammern ein Ablenkungsmanöver war, um nicht selbst kritisiert zu werden.

Als Kind war der Mann oft gehänselt worden wegen seiner dicken Brille und seiner Segelohren. Mittlerweile trug er Linsen und die abstehenden Ohren wurden von den Haaren gut verdeckt. Doch die Angst saß noch immer tief. Eines Tages bemerkte der Mann, dass er die Menschen von seiner Person ablenken konnte, indem er sich über alles und jeden beschwerte. Er hatte damit ein probates Mittel gefunden, sich vor der Kritik anderer zu schützen.

Durch die viele Jammerei hatte er sich zeit seines Lebens nicht gerade beliebt gemacht, niemand wollte mehr ernsthaft etwas mit ihm zu tun haben, er hatte sich durch sein Verhalten zum Außenseiter entwickelt. Doch Wichtel Edeke beschloss, dass sich das jetzt ändern sollte.

Er begann, dem Mann Komplimente zu machen, über seine sichere Fahrweise und über das ordentlich gebügelte Hemd, das er trug. Diese netten Aussagen verwirrten den Mann, das war er nicht gewohnt. Er freute sich spontan und vergaß einen Moment lang sogar zu jammern.

Wichtel Edeke machte weiter, den ganzen Tag lang lobte er den Mann, auch für Kleinigkeiten. Am Ende des Tages schlug er vor, der Mann könnte versuchen, auch seine Mitmenschen zu loben, ihnen Komplimente zu machen, anstatt sie immer nur anzujammern. Das war neu für den Mann. Auf alle Fälle hatte sich etwas verändert, das Jammern wurde weniger und das Wohlgefühl steigerte sich.

Wichtel Edeke begleitete den Mann sieben Tage lang. Er lobte ihn, gab Verbesserungsvorschläge, schrieb alles auf und motivierte den Mann, Kontakt zu seinen Mitmenschen zu suchen. Am besten gelang ihm das mit Leuten, die ihn noch nicht kannten, die noch keine Vorurteile hatten und die nicht gleich einen großen Bogen um ihn machten.

In einem Kaffeehaus überredete Wichtel Edeke den Mann, eine überaus attraktive Dame anzusprechen. Sie saß alleine an einem Tisch. Der Mann setzte sich zu ihr und begann ein Gespräch. Er lobte ihren schicken Pullover und den guten Geschmack bei der Tortenauswahl. Er bestellte ebenfalls eine Schwarzwälder Kirschtorte, und so begannen die beiden, miteinander zu plaudern.

Der Mann fand Gefallen daran, den Menschen Komplimente zu machen. Doch was würde passieren, wenn Wichtel Edeke nicht mehr an seiner Seite war, wenn da niemand mehr war, der ihn lobte und ihm sagte, was er gut gemacht hatte?

Wichtel Edeke hatte vorgesorgt. Nicht nur eine „To-Do-Liste" drückte er dem Mann zum Abschied in die Hand, sondern auch eine „Das-machst-du-wirklich-gut-Liste". Diese Liste sollte sich der Mann jeden Abend vor dem Schlafengehen – und wenn notwendig, auch gleich in der Früh – durchlesen, um seine positiven Eigenschaften nicht zu vergessen.

Denn das war die größte Angst des Mannes, dass auch heute noch irgendjemand glauben könnte, dass etwas mit ihm nicht stimmte. Er hatte sich selbst ins Abseits gejammert, doch durch Wichtel Edekes Hilfe, hatte er gelernt, was es heißt, als Mensch voll und ganz akzeptiert zu werden. Wichtel Edeke gab ihm das Gefühl, in Ordnung zu sein, und dieses Gefühl gab der Mann jetzt auch an andere Menschen weiter.

So tauschte er sein Jammern gegen Komplimente ein und fand mit der Zeit neue Freunde.

Wichtel Edeke beobachtete ihn noch lange Zeit vom Himmel aus und freute sich über seine Fortschritte. Und wenn er nicht gestorben ist, dann macht der Mann auch heute seinen Mitmenschen noch schöne Komplimente und vergisst dabei ganz, sie anzujammern.

Körpersprache

Es war einmal ... ein paar Tage nach Weihnachten. Rupert hatte wie jedes Jahr essenstechnisch schwer über die Stränge geschlagen und nahm sich fest vor, im neuen Jahr endlich damit zu beginnen, gesünder zu leben. Doch bis dahin war ja noch Zeit, ein paar Tage zumindest. Und in dieser Zeit standen auch noch einige Einladungen bei Freunden und Verwandten auf dem Programm.

In den Raunächten können die Tiere reden, heißt es, doch dass die eigenen Organe zu sprechen beginnen, das war bis jetzt nicht bekannt. Es geschah, als Rupert mit seinen Freunden beim Essen saß und sich gerade erneut vom Grammelschmalz nehmen wollte, als er zum ersten Mal eine Stimme in seinem Inneren vernahm: „Bitte nicht! Mir wird schlecht von dem vielen Fett!"

Rupert erschrak. Hatte er zuviel Bier getrunken und etwa schon Halluzinationen? Es war sein Magen, der weitersprach: „Das Grammelschmalz bekommt mir nicht, iss lieber ein paar Tomaten und Gurkerl und nimm von dem Topfenkäse."

Jetzt mischte sich auch noch die Leber ein: „Und nach dem Bier ist auch Schluss, seit Weihnachten mache ich Doppelschichten und auf Dauer halte ich das nicht aus. Wir sind ja alle hier nicht mehr die Jüngsten!"

Rupert war sowohl der Hunger als auch der Durst vergangen. Er verabschiedete sich schnell und machte sich auf den Heimweg. Er wollte ins Auto steigen, doch sein Blut meldete sich zu Wort: „Tu's nicht, du hast schon zu viel getrunken, geh lieber zu Fuß, das tut uns allen gut!"

Nach einer halben Stunde Fußmarsch erreichte Rupert seine Wohnung.

„Nicht den Lift nehmen, wir wollen uns noch ein bisschen austoben!", kam es von den Beinen. Rupert ging zu Fuß, in den zehnten (!) Stock. Zum ersten Mal hörte er auf seinen Körper.

„Bitte noch einen halben Liter Wasser trinken!", baten die Nieren, „Dann fällt es uns leichter, den Alkohol aus dem Körper zu transportieren."

Rupert war beeindruckt und beängstigt zugleich. Nachdem er einen halben Liter Wasser getrunken hatte, ging er zu Bett und hoffte, seine Organe würden jetzt endlich Ruhe geben.

„Lüften nicht vergessen vor dem Schlafengehen!", die Lungen wollten frische Luft im Schlafzimmer.

„Du hast uns noch nicht geputzt!", meldeten sich die Zähne zu Wort. Vor lauter Aufregung hatte Rupert ganz aufs Zähneputzen vergessen, was er nun schnell nachholte.

Am nächsten Tag beschloss er, die neue Form der Kommunikation mit seinem Körper zu nutzen. Was für ein Glück, sein Körper sprach mit ihm und er hatte jetzt die Möglichkeit, viele Dinge in seinem Leben richtig zu machen, er brauchte nur seinen Körper zu fragen. Doch an diesem Tag sprach der Körper nicht mehr mit Rupert, er schwieg still.

Aber Rupert hatte sich die guten Tipps gemerkt. Ab sofort aß er nicht mehr so fett, trank nicht mehr so viel Alkohol und dafür mehr Wasser, lüftete seine Schlaf- und Wohnräume gut und ging – zumindest meistens – zu Fuß in seine Wohnung in den zehnten Stock.

Sein Körper hatte ihm in den Raunächten eine kleine Lektion erteilt, die – wie es schien – nachhaltigen Erfolg zeigte. Nicht erst im neuen Jahr fing Rupert an, seiner Gesundheit zuliebe nicht mehr über die Stränge zu schlagen, nein, das konnte er auch ab sofort tun.

Sein Körper dankte es ihm mit einer gut funktionierenden Verdauung, einem erholsamen Schlaf und einem guten Gewissen.

Veränderung ist täglich möglich, hören wir besonders in den Raunächten auf unseren Körper, auch wenn er nicht in Worten zu uns spricht!

Der Herzschmerz-Zahn

Es war einmal ... eine Prinzessin, die fühlte sich sehr, sehr einsam. Eines Tages war ihr Herzschmerz so groß geworden, dass er in ihrem Herzen nicht mehr Platz fand und einen Ausweg suchte. Das Herz und der Schmerz verhandelten miteinander, das Herz schlug dem Schmerz vor, dass er sich eine neue Bleibe suchen sollte, denn über kurz oder lang würde die Prinzessin an ihrem Herzschmerz sonst wohl sterben. Und das wäre sehr schade, denn erstens war sie dafür noch viel zu jung, und zweitens war ihre Zeit auf dieser Erde noch nicht zu Ende. So stand es im Buch jenseits von Himmel und Erde geschrieben.

Die Prinzessin war eine sehr empfindliche Person, und sie kränkte sich wegen jeder Kleinigkeit. Doch dass ihr die Liebe fehlte, war der Hauptgrund ihres Leidens. Das Herz der Prinzessin war so übervoll mit Sehnsuchtsschmerz, dass es fast barst. Das weise Herz suchte nach einem Ausweg und begann damit, einen Teil des Schmerzes in einen hohlen Zahn der Prinzessin zu leiten. Da ist viel Platz, dachte sich das Herz und schickte den Schmerz los.

Die Prinzessin zuckte zusammen, ausgehend von ihrem Herzen bahnte sich der Schmerz nun einen Weg durch ihren zarten Körper in Richtung des hohlen Zahns. „Aua!", das tat jetzt richtig weh. Die Prinzessin hatte noch nie solche Schmerzen gespürt.

Sie konnte nicht mehr schlafen und essen, es war, als ob ihr jemand einen Dolch in den Kiefer gerammt hätte. Der ganze Hofstaat lief zusammen, um sich der Sache anzunehmen, doch niemand wusste Rat.

Die Gelehrtesten der Gelehrten rauften sich die Haare und waren mit ihrem Latein am Ende. Endlich kam die Königin auf die glorreiche Idee, eine Zauberfrau aus dem Wald zu befragen. Diese wurde in den Palast gebracht und untersuchte die Prinzessin. „Die junge Frau ist unglücklich. Sie braucht jemanden, der sie liebt."

Die Prinzessin hatte sich dies nicht zu sagen getraut, doch sie fühlte, dass dieser Zahnschmerz von Herzen wehtat. Also wurden alle Prinzen im heiratsfähigen Alter eingeladen, um die Prinzessin zu treffen.

„Oh nein", dachte sie, „nicht schon wieder!" So ein Prinzen-Remmidemmi wurde nicht zum ersten Mal veranstaltet. Da kamen Prinz Kunibert der Bärtige, Prinz Eugen der Bucklige, Prinz Hagen der Schüchterne und Prinz Leo der Singende. Mehr Prinzen gab es nämlich nicht in der Umgebung, die noch Junggesellen waren.

Am Tag der Prinzeneinladung war der Prinzessin gar nicht gut, der wehe Zahn tobte, sodass ihr richtig schwindlig wurde.

Prinz Kunibert war der erste, der seine Aufwartung machte. Dann folgte der Rest der Prinzenschar. Höflich, wie unsere Prinzessin eben war, ließ sie das Prozedere über sich ergehen, fabulierte mit allen Prinzen, wie es sich gehörte, und war sichtlich erstaunt, als sie schließlich einen Fremdling unter den Anwesenden entdeckte.

Der Fremde kam auf die Prinzessin zu, verbeugte sich und schenkte der Königstochter eine rote Rose. Als sie an der Blume roch, waren plötzlich ihre Zahnschmerzen wie weggeblasen. Dieser Prinz gefiel ihr! Doch wie sich herausstellte, handelte es sich nicht um einen Prinzen, sondern um den Ziehsohn der Zauberfrau.

Der König wollte den Betrüger hinauswerfen lassen, doch die Prinzessin bat, ihn heiraten zu dürfen. Dann sprach endlich die Königin ein Machtwort: „Wenn unsere Tochter durch diesen Burschen geheilt werden kann, dann soll sie ihn auch zum Ehemann nehmen dürfen! Lieber Gemahl und König, denk zurück, wie es sich damals bei uns zugetragen hat, weißt du noch, wie wir uns kennengelernt haben?"

Der König wurde ganz verlegen und still. Dann willigte er schnell in die Verbindung zwischen seiner Tochter und dem Sohn der Zauberfrau ein. Denn damals, vor rund zwanzig Jahren, war der König noch kein König gewesen, sondern ein tapferer Bauernsohn, der seine heutige Frau vor dem Ertrinken aus dem Schlossteich gerettet hatte. Auch diese beiden verliebten sich Hals über Kopf ineinander, aber durften aus Standesgründen nicht heiraten. Dann wurde die Königin schwer krank, und als sie schon fast im Sterben lag, schlich sich der Bauernsohn in das königliche Schlafgemach und brachte ihr einen Apfel, von dem die Königin sofort wieder gesund wurde. Nun hatte sich die Geschichte eine Generation später wiederholt.

Die Liebe heilt alle Wunden und lässt sich nicht unterdrücken. Sie findet ihren Weg, auch wenn sie nicht immer gleich mit dem Auge erkannt wird, doch wer sie mit dem Herzen gespürt hat, ist sich ihrer sicher.

Die sechste Raunacht erzählt.

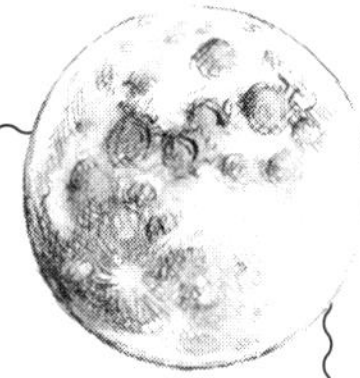

Sechste Raunacht: 29./30. Dezember
Traumonat: Juni
Was kann ich tun: persönliche Glücksforschung betreiben

Heute können wir uns fragen: Was macht mich glücklich, was bringt mich zum Strahlen? Die Tagesqualität der fünften Raunacht hilft uns dabei, unseren Glücksgefühlen auf die Spur zu kommen.

Setzen Sie sich hin und überlegen Sie, was Sie glücklich macht. Schreiben Sie Ihre „Glücksbringer" auf, fassen Sie Ihr Glück in Worte. Wenn Sie Ihr Glück zu Papier gebracht haben, stecken Sie Ihre Glücksbotschaften in einen Briefumschlag und schreiben Sie darauf „mein Glück". Bewahren Sie diesen Umschlag gut auf und lesen Sie sich die Zeilen so oft wie möglich durch, damit Sie nicht vergessen, was Sie glücklich macht.

Nutzen Sie auch diesen Tag für einen Jahresrückblick: Was war gut im Monat Juni des vergangenen Jahres, und was war schlecht? Achten Sie wieder besonders auf Ihre Träume. Denn die Raunächte eröffnen uns immer wieder einen Blick in die Zukunft. Was Sie heute Nacht träumen, das betrifft den Monat Juni im kommenden Jahr.

Der Glücksbringer

Es war einmal ... ein Mädchen, dessen Großmutter an einer schweren Krankheit litt. Es war am vorletzten Tag im Jahr, als der alte Rauchfangkehrer vorbeikam, um den Kamin zu kehren. „Was für ein Glücksbringer!“, freute sich die Großmutter, die schwach in ihrem Bett lag. Sofort griff sie sich drei Knöpfe ihrer Strickweste und sprach: „Eins, zwei, drei – das Glück g'hört mei!“ Der Rauchfangkehrer lachte, er kannte diesen Brauch nur zu gut, schließlich wandelte er als lebendiger Glücksbringer durchs Leben.

„Glück kann sie brauchen, die Großmutter!“, sagte das Mädchen zum schwarzen Mann. Dieser kannte die Familie schon seit längerer Zeit und mochte sie sehr gern. Weil er helfen wollte, erzählte er dem Mädchen von einem Glückszauber, von dem er gehört hatte, der, wenn er noch im alten Jahr angewendet wurde, Gesundheit für das neue Jahr bringen sollte. Das Mädchen wurde aufmerksam, denn natürlich wollte es der Großmutter helfen und konnte es gar nicht erwarten, dass der Rauchfangkehrer mehr von diesem Zauber erzählte.

„Geh in der Nacht in den Wald und hol dir um Mitternacht einen Tannenzapfen. Nicht einen, der auf dem Boden liegt, nein, er muss noch am Baum hängen. Das ist ganz wichtig! Wenn du zu Hause bist, dann lege der Großmutter den Tannenzapfen unter das Kopfkissen, aber so, dass sie es nicht merkt! Der Zapfen wird ihr dann die ganze Krankheit aus dem Körper ziehen. Am nächsten Morgen bringst du den Zapfen wieder in den Wald zurück und deine Oma wird schnell wieder gesund werden, du wirst sehen!“

Das hörte sich eigentlich ganz einfach an. Der Rauchfangkehrer kannte viele Glücksbräuche und Glücksbringer, aber den Tannenzapfenzauber hatte er bis jetzt noch niemandem verraten. Das Mädchen musste ihm versprechen, diesen Zauber, der nur in den Raunächten wirkte, für sich zu behalten.

Kurz vor Mitternacht ging das Mädchen in den Wald. Es hatte große Angst, denn in den Raunächten wirken nicht nur die Zauberformeln und Zauberbräuche, sondern es sind auch allerhand Geister und wilde Gestalten unterwegs. Der Wind brauste, es war eine kalte, klare Winternacht. Das Mädchen wollte schon fast wieder umkehren, als es von seiner Angst gepackt wurde und nicht nur von der Kälte und dem Wind eine Gänsehaut bekam. Doch die Gesundheit der Großmutter lag dem Mädchen sehr am Herzen, es nahm seinen ganzen

Mut zusammen und marschierte weiter. Die ersten Tannenbäume befanden sich bereits am Waldrand. Das war gut, denn so brauchte es nicht in den Wald hinein, hier fühlte es sich sicherer. Doch was war das? Das Mädchen hörte ein Knacken im Unterholz. Hoffentlich nur ein Reh, dachte es. Es erreichte eine Tanne mit dicken Zapfen, doch die wuchsen so hoch oben, dass es sie nicht erreichen konnte. Jetzt war guter Rat teuer. Plötzlich fing der Tannenbaum, vor dem das Mädchen stand, zu sprechen an. „Ich weiß, warum du zu mir gekommen bist! Du möchtest gerne einen Tannenzapfen von mir haben für deine Großmutter, damit sie wieder gesund wird!"

Das Mädchen erschrak. Der Baum konnte ja sprechen! „Du hast recht! Lieber Tannenbaum, gibst du mir einen von deinen Tannenzapfen für meine Großmutter!?"

„Ich habe so viele davon, da wird mir einer nicht fehlen. Aber was gibst du mir dafür? Was hast du mir als Gegenleistung anzubieten?"

Das Mädchen dachte nach. „Ich kann dir meine Haube geben oder meine Handschuhe, ich kann ein Gebet für dich sprechen, ich kann dich umarmen, oder ich kann dir morgen eine Silbermünze bringen und am Fuße deiner Wurzeln eingraben."

Der Baum entschied sich für das Gebet und gab dem Mädchen im Tausch dafür einen seiner Tannenzapfen. Dafür neigte er seine Äste so weit zur Erde, dass das Mädchen den Zapfen leicht fassen und pflücken konnte. Es bedankte sich artig und stapfte im tiefen Schnee wieder nach Hause.

Die Großmutter schlief bereits. Das Mädchen schlich sich zu ihrer Bettstatt und schob ganz vorsichtig den Tannenzapfen unter das Kissen. Erleichtert über die vollbrachte Tat, legte es sich schlafen und hoffte das Beste.

Tags darauf ging es der Großmutter schon etwas besser. Das Mädchen freute sich, der Zauber hatte also gewirkt. Wie aufgetragen, brachte das Mädchen den Tannenzapfen am nächsten Morgen wieder in den Wald zurück.

Im neuen Jahr erholte sich die alte Dame ganz und gar von ihrer Krankheit und wurde wieder gesund.

Das Mädchen glaubte fest an den Glückszauber, den ihr der Rauchfangkehrer verraten hatte. Was er nicht dazu gesagt hatte, war, dass jener Mensch, der diesen Zauber in Liebe für einen anderen Menschen vollbringt, auch selbst davon profitiert, und niemand sonst freute sich mehr über die Genesung der Großmutter als das Mädchen.

Und noch ein Geheimnis gab es: Dass in jener Nacht der Baum zu sprechen begann, hatte eine einfache Erklärung. Der alte Rauchfangkehrer war zur Mitternachtsstunde in den Wald gegangen. Er machte sich Sorgen um das Wohl des Mädchens, das in einer Raunacht alleine in den Wald wanderte. Er wusste, dass es kommen würde, um für die Großmutter einen Tannenzapfen zu holen, und er wusste auch, dass die Zapfen sehr hoch hingen. Er war auf den Baum geklettert und hatte zu ihr gesprochen. Er war es auch gewesen, der die Äste mit den Zapfen weit genug hinuntergebogen hatte. Ein wahrhafter Glücksbringer, dieser Rauchfangkehrer!

Schweinchen Glück

Es war einmal ... ein kleines Schweinchen, das wollte unbedingt ein Glücksbringer sein. Es hatte gehört, dass Schweine bei den Menschen als ein Symbol des Glücks galten und dass es zum Jahreswechsel Brauch war, sich gegenseitig kleine Schweinchen zu schenken.

Was das kleine Schweinchen nicht wusste, war, dass sich die Menschen zu Silvester keine Schweine aus Fleisch und Blut, sondern Schweinchen aus Marzipan, Schokolade, Plastik, Seife oder Glas schenkten.

Im Schweinestall verstand niemand das kleine Schweinchen. Seine Brüder und Schwestern lachten es aus und seine Mutter versuchte es aufzuklären, dass die Menschen keine echten Schweine zu Silvester als Glücksbringer verschenkten.

Das Schweinchen ließ sich aber nicht beirren. Einen Tag vor Silvester brach es aus dem Schweinestall aus und machte sich auf seine Glücksbringer-Reise.

Der Schweinestall lag in der Nähe eines kleinen Bahnhofes. Das Schweinchen stieg in den Zug ein und fuhr in die große Stadt. Im Zug und auf dem Hauptbahnhof sorgte es für einige Verwirrung. Die Menschen schlugen die Hände über dem Kopf zusammen und schrien: „Ein Schwein, ein Schwein!“

Auch unser Schweinchen war etwas verstört. Es brauchte sich doch niemand vor einem Ferkel zu fürchten! Und die Schweinegrippe war auch schon längst nicht mehr aktuell! Diese Menschen hier benahmen sich alle ziemlich seltsam, für sie wollte sich unser Schweinchen nicht als Glücksbringer herschenken. So ging es im Schweinsgalopp in die Stadt.

Auch dort herrschte große Aufregung rund um das kleine Schweinchen. Aber es erinnerte sich, dass sich manche Menschen sogar vor putzigen Mäusen fürchteten, warum dann nicht auch vor Schweinen? Auf alle Fälle ließ es sich nicht erwischen, weder von Polizisten noch von Tierschützern. „Das Schwein ist los!" stand in den Schlagzeilen zu lesen. „Alle verrückt hier", dachte unser Schweinchen. „Am besten, ich fahre wieder nach Hause."

Doch es ließ sich nicht so schnell entmutigen, denn es hatte gehört, dass es in der großen Stadt wie jedes Jahr eine pompöse Silvestergala gab. Dort wollte das Schweinchen hin, dort würde es als Glücksbringer seinen großen Auftritt feiern!

Schweine haben einen guten Orientierungssinn und so war es für das Schweinchen kein Problem, das Gebäude zu finden, in dem die Silvestergala stattfand. Diesmal fuhr das kluge Tier mit dem Bus, es versteckte sich unter den Sitzen und löste beim Aussteigen gleich wieder einen riesigen Tumult aus. Doch niemand konnte das flinke Schweinchen einfangen, es war einfach zu schnell.

Endlich erreichte das Glückstier die hell erleuchtete Stadthalle, hier wollte es hin, hier wollte es heute Abend seinen großen Auftritt feiern. Um Punkt Mitternacht betrat das kleine Schweinchen die große Bühne und erntete tosenden Applaus. Es sonnte sich im Scheinwerferlicht und genoss es, der Star des Abends zu sein. Es lief auf der Bühne auf und ab und grunzte vor Freude. Das Publikum war begeistert und die Veranstalter wurden über den grünen Klee gelobt. Was für ein Timing, um Punkt Mitternacht eine dressierte Sau auf der Bühne auftreten zu lassen! Was für ein Erfolg! Die Veranstalter hatten diese Einlage nicht geplant, waren jedoch froh über diesen Silvester-Gag, der tags darauf in allen Zeitungen stand.

Einer der Veranstalter der Gala freundete sich mit unserem Schweinchen an. Er erkannte das Talent des Tieres auf den ersten Blick. Das Schweinchen hatte es geschafft, nicht nur als offizieller Glücksbringer der Stadt ging es in die Geschichte ein, sondern auch als Künstlerschwein, das sich liebend gerne im Rampenlicht sonnte. Eine Erfolgsgeschichte, wie sie im Buche steht. Klein Schweinchen kam groß raus – Schwein gehabt!

Die Glücksfee

Es war einmal ... ein Mann namens Eduard, der war sehr arm. Um über die Runden zu kommen, musste er alle möglichen Arbeiten annehmen. Eduard hatte einfach kein Glück. Am Ende jedes Jahres verdiente er sich ein wenig Geld mit dem Verkauf von Glücksbringern. In einer Marktbude neben der Straße stand er nun schon seit Tagen und fror erbärmlich.

Viele Menschen erwarben Glücksbringer bei ihm. Es war ihm egal, an wen er die kleinen Dinger aus Glas, Plastik und Holz verkaufte. Hauptsache, die Zeit verging und er bekam seinen mageren Stundenlohn. Ein gutes neues Jahr? Für ihn wohl nicht. Eduard wusste wieder einmal nicht, wie er seine Miete bezahlen sollte, und die Stromrechnung vom November war auch noch offen.

Da kam eine kleine ältere Dame an seinen Stand, um sich ausführlich über die verschiedenen Glücksbringer beraten zu lassen. „Welcher von den Glücksbringern bringt wohl am meisten Glück?“, fragte sie und lächelte verschmitzt. „Das weiß ich nicht“, gab sich Eduard nicht besonders motiviert.

Er sah sich zum ersten Mal die kleinen Figuren und Tierchen genauer an, die sich da auf seinem Stand tummelten. „Nehmen Sie doch das Glücksschwein aus Glas.“ Das Schwein war das teuerste Stück und immerhin war Eduard auch ein wenig am Umsatz beteiligt. Aber zudem war es auch das schönste Stück, das er auf dem Stand anzubieten hatte.

Die Dame ließ sich nicht lumpen. Sie kaufte zehn Stück von den Glasschweinen und gab auch noch ordentlich Trinkgeld. Eduard lächelte, so etwas war ihm noch nie passiert. Eines der Glücksschweinchen drückte sie Eduard in die Hand, mit den aufmunternden Worten „Viel Glück!“

Jetzt war Eduard völlig verblüfft. Sollte er das weiße Glasschwein behalten oder wieder verkaufen und so zehn Euro zusätzlich verdienen? Er beschloss, es zu behalten. Ein Funken Hoffnung keimte in ihm auf, dass ihm das Glück doch noch hold sein könnte.

Zum ersten Mal in seinem Leben hatte Eduard echtes Glück gehabt. Denn niemand Geringerer als die Glücksfee höchstpersönlich war es gewesen, die als alte Dame verkleidet an seinen Stand gekommen war, und Glücksbringer bei ihm eingekauft hatte.

Von der Glücksfee einen Glücksbringer geschenkt zu bekommen, das ist schon etwas ganz Besonderes! Von diesem Tag an ging es bergauf mit Eduard. Er fand einen neuen Job, in dem er diesmal länger als drei Monate blieb, weil er ihm Spaß machte und er darin auch nicht schlecht verdiente. Er konnte seine Rechnungen bezahlen und ging jeden Abend satt zu Bett. Allgemein wurde sein Leben viel besser und Eduard glücklicher.

Das gläserne Glücksschweinchen hielt er ein Leben lang in Ehren. Es war das

Symbol seiner Hoffnung in Zeiten, in denen es nicht so gut lief. Dann sah er es an seinem Ehrenplatz auf dem Bücherregal stehen und erinnerte sich zurück an jenen Tag, als er das Glücksschweinchen geschenkt bekommen hatte. Damit machte er sich selbst Mut.

Jeder ist seines Glückes Schmied. Doch manchmal darf die Glücksfee ruhig ein bisschen nachhelfen!

Die siebte Raunacht erzählt.

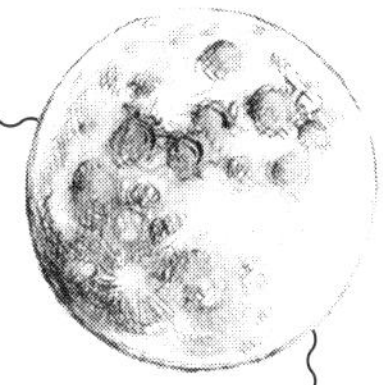

Siebte Raunacht: 30./31. Dezember, Silvestertag
Traummonat: Juli
Was kann ich tun: räuchern, vergeben, orakeln

Die siebte Raunacht ist die letzte verbleibende Zeit im alten Jahr und noch einmal eine gute Gelegenheit, um zur Ruhe zu kommen.

Dieser Tag eignet sich auch sehr gut zum Räuchern. Alte Energien werden gebunden und durch das anschließende Lüften nach draußen befördert. Jetzt ist wieder Platz für Neues. Das neue Jahr kann kommen!

Das Loslassen von alten Energien funktioniert auch auf mentaler Ebene. Überlegen Sie sich: Wem möchten Sie noch im alten Jahr vergeben? Das gedankliche Verzeihen ist schon eine große Sache, und wenn Sie für Ihr Vergebungsritual symbolisch auch noch eine Kerze anzünden, dann geben Sie diesem Anliegen, das von Herzen kommt, noch mehr Kraft.

Viele feiern Silvester im Kreis der Familie oder mit Freunden. Der Abschluss des alten und der Beginn des neuen Jahres sind ein guter Grund zum Feiern! Gemeinsam den Jahreswechsel zu verbringen, stärkt Beziehungen und ist ein schönes Ritual.

Nutzen Sie auch diesen Tag für einen Jahresrückblick: Was war gut im Monat Juli des vergangenen Jahres, und was war schlecht? Achten Sie wieder besonders auf Ihre Träume. Denn die Raunächte eröffnen uns immer wieder einen Blick in die Zukunft. Was Sie heute Nacht träumen, das betrifft den Monat Juli im kommenden Jahr.

➳ Der weise Mann und der König ➳

Es war einmal ... ein weiser Mann, der durch die Lande zog, um die Menschen an seinem Wissen teilhaben zu lassen. Auch für den richtigen Jahresausklang wusste er allerhand Bräuche und Rituale, die helfen konnten, das alte Jahr gut abzuschließen und das neue Jahr ebenso gut anzufangen.

Ein König hörte von diesem weisen Mann und wollte sich von ihm beraten lassen. Der Mann wurde an den königlichen Hof eingeladen, um dem König sein Wissen preiszugeben.

Der König war krank, er litt an einer chronischen Lungenentzündung. Er befragte den Weisen, was er tun könnte, um wieder gesund zu werden. Dieser packte aus seiner Kiste feines Räucherwerk und begann, die Gemächer des Königs auszuräuchern. Danach befahl er, die Fenster zu öffnen, um die alten Energien nach draußen zu befördern.

Der König atmete auf. Doch gesund fühlte er sich noch nicht. Der weise Mann wusste um die Krankheit des Königs. Doch es reichte nicht aus, durch das Räuchern die Energien des alten Jahres zu verabschieden, da sie noch im Kopf und im Herzen des Königs festsaßen.

So befragte er den König, ob es denn jemanden in seiner näheren Umgebung gäbe, dem er etwas nicht verzeihen könnte. Der König wurde wütend. „So etwas fragt man einen König nicht!“, schrie er den Weisen an. Ein schrecklicher Hustenanfall machte den König sprachlos und zwang ihn, sich in die Kissen zurückzulehnen.

„Mein König, heute ist der letzte Tag im Jahr. Wie Ihr wisst, befinden wir uns mitten in den Raunächten, Ihr habt heute die Möglichkeit, Euch selbst wieder gesund zu machen. Wenn Ihr Euren alten Gram heute noch loslasst, könnt Ihr ein viel gesünderes neues Jahr erleben.“

Der König wurde nachdenklich. Es gab viele Menschen, auf die er böse war. Verzeihen zählte nicht gerade zu seinen Stärken.

„Wie kann ich Menschen vergeben, die mich so sehr verärgert haben, dass ich es nie im Leben vergessen kann?“, fragte er den weisen Mann.

Dieser antwortete: „Vergebung ist eine große Tat und eines Königs würdig. Es ist nicht einfach, jemandem zu verzeihen, darum ist es auch eine Königstugend.“

Der König war hellhörig geworden. „Große Tat“, „Königstugend“ – solche Worte hörte er gerne. Natürlich wollte er gesunden, doch war er auch stur und mochte eigentlich selbst nichts für seine Genesung tun.

Der Anstoß mag von außen kommen, doch die Heilung kommt immer von innen. So beschloss der König, ernsthaft damit zu beginnen, anderen Menschen zu verzeihen.

„Nun gut", sagte der König, „dann fange ich einmal an mit dem Verzeihen. Ich vergebe meinem Mundschenk, dass er mir vorige Woche einen abscheulich schmeckenden Wein verabreicht hat. Ich vergebe meiner Frau, der Königin, dass sie jede Nacht schnarcht. Ich vergebe meinem Hofnarren, dass manche seiner Witze gar nicht komisch sind. Ich vergebe mir selbst, dass ich immer wieder ungerecht bin!"

Der weise Mann lobte den König: „Das macht Ihr wahrlich sehr gut! Weiter so!"

Der König bemühte sich wirklich, einen halben Tag lang dachte er nach, wem er vergeben konnte. Währenddessen merkte er, wie sich seine Krankheitssymptome besserten, der Husten weniger wurde und er immer mehr durchatmen konnte.

Für jeden Menschen, dem er vergeben hatte, ließ der König auf Geheiß des weisen Mannes eine Kerze anzünden. Am Ende des Tages hatte sich der Palasthof in ein Lichtermeer verwandelt.

Der weise Mann verabschiedete sich mit der Absicht, dem König bald wieder einen Besuch abzustatten. Dann wollte er den Herrscher mit einer weiteren Königsdisziplin vertraut machen: der Kunst, einen anderen Menschen um Verzeihung zu bitten.

Der Jahresrückblick

Es war einmal ... eine junge Frau namens Marianne, die das ganze Jahr beruflich schwer gestresst war und auch am letzten Tag des Jahres nicht lockerließ.

Zum Geburtstag hatte sie vor einiger Zeit einen eigenartigen Gutschein geschenkt bekommen. Und dieser Gutschein stresste die Geschäftsfrau noch zusätzlich. Es war nämlich ein Gutschein für eine Räucherung der neuen Eigentumswohnung, und dieser Gutschein war nur bis 31. Dezember gültig. Die schöne neue Wohnung war kaum genutzt, berufsbedingt war Marianne zu selten in ihren eigenen vier Wänden zugegen. Ein rechtes Wohlgefühl wollte sich auch noch nicht einstellen, und da dachte sich eine gute Freundin, Marianne sollte es doch einmal mit Räuchern versuchen, das könnte eventuell beim „Ankommen" in der neuen Wohnung helfen.

An den letzten Dezembertagen hatte Marianne endlich Kontakt aufgenommen und mit der Dame, die die Räucherung vornehmen sollte, einen Termin für den Silvestertag vereinbart. Ein eigenartiges Datum für einen Hausbesuch, doch die Räucherexpertin bestand darauf, dass der letzte Tag im Jahr die beste Gelegenheit zum Räuchern sei.

Also gut, warum nicht. Marianne plante den Räuchertermin für den späten Nachmittag ein. Bis 15 Uhr würde sie im Büro sein, bis 16 Uhr könnte sie es nach Hause schaffen.

Am 31. Dezember war es so weit. Um Punkt 16 Uhr klingelte es an der Wohnungstür. Marianne war bereits seit sieben Minuten zu Hause. Was für ein Timing. Vor der Tür stand Ursula, ein durch und durch spirituelles Wesen, das sich ganz und gar dem Räuchern verschrieben hatte.

Zwei Frauen, die nicht unterschiedlicher hätten sein können, trafen somit aufeinander. Ohne Gutschein hätten sie sich wohl nie kennengelernt. Die Begrüßung war kühl, Marianne zeigte sich distanziert. Denn die Geschichte mit dem Räuchern war ihr von Anfang an suspekt. Ursula wollte Marianne gerne erklären, was sie jetzt machen würde, den tieferen Sinn des Räucherns, das Räucherwerk selbst, die Heilkräfte, die positive Wirkung. Doch Marianne wollte sich dafür keine Zeit nehmen, sie wollte diese „Räuchertante" so schnell wie möglich wieder loswerden.

Also begann Ursula ihr Werk und fing damit an, Mariannes Wohnräume zu räuchern. In einem Tongefäß, das mit Sand gefüllt war, lag ein Stück Räucherkohle, das durch die glühende Hitze das Räucherwerk wunderbar zum Duften brachte.

Ursula hatte schon bemerkt, dass diese Kundin keine spirituelle Ader hatte, und so unterließ sie es, ihre Segenswünsche laut auszusprechen. Wortlos marschierte sie durch die moderne Wohnung und verteilte dabei den wohltuenden Duft der Räuchermischung.

Ursula wünschte Marianne in Gedanken alles Gute in dieser Wohnung und dass sie sich in ihrem neuen Zuhause wohlfühlen möge.

Sie beeilte sich und ging so schnell wie möglich durch die Räume, damit ihre Kundin nicht allzu nervös wurde.

Doch während der Räucherung wurde Marianne plötzlich ruhiger. Sie setzte sich und dachte nach. Der letzte Tag im Jahr. War dieses Jahr wirklich schon vorbei? Wo war die Zeit geblieben? Was hatte Marianne das ganze Jahr über gemacht? Sie beobachtete Ursula, wie sie ganz bewusst durch die Räumlichkeiten schritt und dabei die Räucherschale leicht bewegte. Waren es Kreise, die sie mit der Schale formte? Auf alle Fälle war der Duft sehr angenehm.

Als Ursula fertig war mit ihrem „Räucherwerk", bat sie Marianne, die Fenster zu öffnen. „Damit die alte, verbrauchte Energie hinauskann und die neue, frische Energie hereinkommt", erklärte sie. Marianne ließ alles geschehen und grübelte in der Zwischenzeit über das vergangene Jahr nach. Was hatte sie wirklich getan, außer zu arbeiten?

„Der heutige Tag eignet sich auch sehr gut für einen Jahresrückblick", merkte Ursula an, als sie die Fenster nach ein paar Minuten wieder schloss. Das brachte Marianne auf eine Idee: ein Jahresrückblick! Dann würde ihr auch wieder einfallen, was sie dieses Jahr so alles erlebt hatte.

Ursula war fertig und verabschiedete sich. Marianne war dankbar, dass die Zeremonie vorbei war, doch genoss sie den guten Geruch in der Wohnung und war durch das Räuchern doch ein bisschen mehr zu sich selbst gekommen.

Am späteren Abend hatte Marianne den nächsten Termin. Eine Silvesterparty. Bis dahin war noch Zeit. Sie setzte sich hin, nahm Block und Kugelschreiber zur Hand und begann anhand ihres Timers, das vergangene Jahr „aufzuarbeiten". Recht viele private Termine fand sie nicht. Marianne hatte sehr viel gearbeitet, sich eine Wohnung gekauft, diese eingerichtet und dabei ganz darauf vergessen, Spaß zu haben und zu leben. Klar traf sie sich manchmal noch mit Freundinnen, doch auch das wurde nach und nach seltener. Immer öfter sagte sie Einladungen aus Termingründen oder Erschöpfung ab und fand auch Geburtstagspartys mittlerweile lästig. Mariannes Jahresrückblick war sehr kurz und passte auf ein einziges Blatt Papier. Beruflich gesehen war es ein sehr erfolgreiches Jahr. Immerhin. Marianne beschloss, in Zukunft wieder mehr private Termine einzuplanen. Ja genau, sie wollte sich wirklich mehr Zeit für ihr Privatleben nehmen, Zeit für sich selbst.

Das Räuchern hatte nicht nur die neue Wohnung gemütlicher gemacht, sondern auch Marianne fühlte sich gleich etwas weniger gestresst. Der heilende Rauch war bis in ihr Innerstes vorgedrungen und hatte in ihrem Herzen und ihrer Seele etwas in Schwingung gebracht.

Im neuen Jahr verfügte Marianne zwar auch wieder nicht über besonders viel freie Zeit, doch nutzte sie diese bewusster. Sie plante immer wieder Pausen ein und verbrachte mehr Zeit mit Freunden und Familie.

Und am 31. Dezember lud sie Ursula wieder zu sich in die Wohnung ein, um das alte Jahr abermals mit einer Räucherung ausklingen zu lassen und sich damit gleichzeitig auf das neue Jahr einzustimmen. Ursula freute sich, dass Marianne sich bei ihr gemeldet hatte, sie war sich nicht sicher gewesen, ob sie von dieser Gutschein-Kundin jemals wieder etwas hören würde.

Räuchern wirkt, in Mariannes Fall veränderte es ihr Leben zum Positiven. Auch wenn es oft nur Kleinigkeiten waren, verbesserte sich doch Mariannes Lebensqualität insgesamt.

Und einen Jahresrückblick schrieb Marianne natürlich auch wieder. In diesem Jahr brauchte sie schon ganze zwei Seiten, um das vergangene Jahr Revue passieren zu lassen. Ein wirklich erfolgreiches Jahr!

Silvesterabend einmal anders

Es war einmal ... am Nachmittag des Silvestertages in einer ganz normalen Familie irgendwo auf dem Land. Mutter und Vater hatten wie jedes Jahr nichts Besonderes vor. Ein langer Fernsehabend stand bevor, immerhin sollte man um Mitternacht noch munter sein, um sich gegenseitig ein gutes neues Jahr zu wünschen.

Die fast schon erwachsenen Kinder Moni und Gerhard wollten zu einer Silvesterparty, um so richtig abzufeiern. Die Vorbereitungen liefen auf Hochtouren, Moni bereitete eine Früchtebowle zu und Gerhard war für den Nudelsalat zuständig.

Das Wetter war nicht besonders gut an diesem Silvestertag. Den ganzen Tag schneite es schon. Moni und Gerhard wagten es trotzdem, mit dem Auto loszufahren. Doch sie kamen nicht weit. Nahe dem Elternhaus, das sich in Alleinlage auf einem Hügel befand, blieben die beiden in einer Schneewehe stecken.

Was tun? Da die Party in einem rund 20 Kilometer entfernten Ort stattfand, beschlossen sie, wieder nach Hause zurückzukehren, das lag eindeutig näher, auch wenn es ziemlich uncool für einen Silvesterabend war. Eine Stunde brauchten sie im dichten Schneetreiben, bis sie, mit Nudelsalat und Bowle bewaffnet, das Elternhaus erreichten.

Die Eltern staunten nicht schlecht, als die Kinder plötzlich wieder zu Hause aufkreuzten. Der Vater war beim Fernsehen eingeschlafen und die Mutter war auch bereits ziemlich müde. Die Kinder wollten sich ihr Silvester jedoch nicht entgehen lassen und überredeten die Eltern, sich mit ihnen zusammenzusetzen. So richtig feiern, ganz ohne Fernseher!

Die Bowle wurde verkostet und der Nudelsalat verspeist. Irgendwie kam Silvesterstimmung auf und die Eltern wurden wieder munter. Bei ein paar Runden „Mensch ärgere dich nicht“ verging die Zeit wie im Nu! Moni wollte Blei gießen und holte die nötigen Utensilien. Gemeinsam wurde dieser alte Brauch nun am Wohnzimmertisch praktiziert. Um Mitternacht wurde mit Sekt angestoßen, und die Familie beschenkte sich gegenseitig mit kleinen Glücksbringern. Die Eltern waren glücklich, auch wieder einmal ein lustiges Silvester zu erleben, und die Kinder fanden es gar nicht so schlecht, im Kreis der Familie zu feiern. Silvester eben einmal anders!

Die achte Raunacht erzählt.

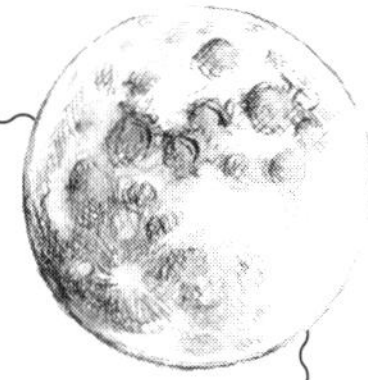

Achte Raunacht: 31. Dezember/1. Jänner, Neujahrstag
Traummonat: August
Was kann ich tun: wünschen, feiern

Das neue Jahr ist da! Begrüßen wir es mit einem kräftigen Feuerwerk an guten Wünschen! Der gute alte Brauch, mit Krach und Getöse das Böse zu vertreiben, hat sich gehalten und wurde heute zur Materialschlacht kultiviert.

Zu den Geistern, die man mit dem Lärm vertreiben wollte, zählt auch die Wilde Jagd. Sie treibe besonders in der Silvesternacht ihr Unwesen, hieß es. Deswegen hält sich auch bis heute der Brauch, in der Nacht von 31. Dezember auf 1. Jänner keine Wäsche aufzuhängen. Die Wilde Jagd würde sich darin verfangen, und das sollte unbedingt verhindert werden.

Konzentrieren Sie sich heute auf Ihre persönlichen Wünsche für das neue Jahr. Man könnte diese Wünsche auch als Neujahrsvorsätze bezeichnen. Doch gute Wünsche sind oft „haltbarer" als gute Vorsätze. Der Brauch der Neujahrswünsche hat Tradition. Wir schenken uns gegenseitig kleine Glücksbringer und wünschen uns von Herzen das Beste. Wir rufen unsere Freunde an und besuchen unsere Familien. Wir wollen den Menschen, die uns wichtig sind, Glück wünschen.

Nutzen Sie auch diesen Tag für einen Jahresrückblick: Was war gut im Monat August des vergangenen Jahres, und was war schlecht? Achten Sie besonders auf Ihre Träume, denn die Raunächte eröffnen uns einen Blick in die Zukunft. Was Sie heute Nacht träumen, das betrifft den Monat August im kommenden Jahr.

Die Wilde Jagd

Es waren einmal ... zwei junge Burschen, die jedes Jahr zu Silvester zu viel Alkohol genossen und ihre Kracher absichtlich einer alten Frau direkt vor das Schlafzimmerfenster warfen. Die grundsätzlich schon sehr ängstliche alte Dame fürchtete sich immer zu Tode und kränkte sich sehr über den bösen Bubenstreich. Jedes Jahr ging das so. Niemand zog die Burschen je zur Rechenschaft. Bis zu jener Silvesternacht, in der die beiden der Wilden Jagd in die Fänge gerieten.

Die Wilde Jagd ist ein Geisterheer aus der Anderswelt und treibt in den Raunächten ihr Unwesen. In der Silvesternacht ist sie besonders aktiv und fegt durch die Lande, um sich die Menschen vorzuknöpfen. Besondere Freude hat die Wilde Jagd mit Leuten, die mit böswilligen Handlungen ihre Mitmenschen terrorisieren, hier dürfen sich die unerlösten Seelen so richtig austoben und für Gerechtigkeit und Ausgleich sorgen.

Der letzte Böller war verschossen und die zwei Burschen reichten einander die Wodka-Flasche. Vor lauter Rausch konnten sie kaum mehr gerade gehen und wankten nach Hause. Bevor sie jedoch die Hauptstraße erreichten, tauchte plötzlich das Wilde Heer wie aus dem Nichts auf. Die Geisterschar stürzte sich auf die Burschen und hätte sie am liebsten gleich in der Luft zerrissen. Doch auch die Wilde Jagd kennt Regeln, und die müssen eingehalten werden. In diesem Fall war der Auftrag des Geisterheeres, den Bengeln eine ordentliche Lektion zu erteilen, damit sie in Zukunft rücksichtsvoller mit ihren Mitmenschen umgingen. So schnappte sie die Wilde Jagd und nahm sie mit auf ihrem wilden Himmelsritt.

Die Burschen hatten Todesangst und waren sofort nüchtern, als sie realisierten, dass dieser nächtliche Flug nicht durch den Alkohol, sondern durch ein Heer von Geistern ausgelöst wurde. Auf dem Wipfel einer besonders hohen Tanne setzte die Geisterschar die beiden ab, die jetzt vor Angst schreiend am Tannenbaum zappelten.

„Wir sind gekommen, um euch zu holen und euch die Flausen auszutreiben!", hörten sie es von allen Seiten zischen. Hohles, schallendes Gelächter begleitete das wilde Treiben. Die Geister hatten ihre gruseligsten Schreckensgestalten angenommen, damit sie den Burschen so richtig Angst einjagen konnten.

Einer der Burschen machte sich gleich vor Angst in die Hose, den zweiten verließ die Kraft, er rutschte ab und konnte sich vor dem Sturz gerade noch auf einen Ast des Baumes retten.

„Ihr seid doch sonst so mutig!", hörten sie die Geister spotten.

„Wir raten euch, spielt der alten Dame keine Streiche mehr, benehmt euch ordentlich, auch an Silvester, und lasst eure Mitmenschen in Ruhe. Schmeißt euch doch gegenseitig die Böller unter die Füße, aber belästigt keine Unschuldigen. Heute kommt ihr noch einmal mit dem Schrecken davon, aber wenn wir euch noch einmal erwischen, dann ist es aus und vorbei mit euch!"

Das Geisterheer zog weiter und es wurde wieder still. Einer der Burschen hing noch immer ganz oben am Baum, der zweite baumelte weiter unten und schrie um Hilfe. Die Freiwillige Feuerwehr des Ortes rettete schließlich die beiden, die nun ziemlich kleinlaut waren und niemandem sagen wollten, wie sie in diese missliche Lage geraten waren.

Nicht nur die alte Frau hatte in den kommenden Jahren zu Silvester Ruhe vor den bösen Buben, auch unter dem Jahr benahmen sich die zwei jetzt ordentlicher. Die Wilde Jagd hatte ihnen gezeigt, dass ihr Verhalten falsch war, und sie dafür zur Rechenschaft gezogen. Nie und nimmer würden sie dieses Erlebnis vergessen, das sie geläutert hatte und sie zum Nachdenken brachte.

Die Wunschfee

Es war einmal ... in einer Silvesternacht. Mitternacht war längst vorbei, die Feierlichkeiten vorüber und es war Zeit, zu Bett zu gehen. Laura und Georg hatten ein gemütliches Silvester mit gutem Essen, Sekt und Walzertanzen verbracht. Jetzt schliefen die beiden und träumten – ohne es zu wissen – vom neuen Jahr. Denn in den Raunächten träumen die Menschen ihr Jahr voraus. Die meisten Träume merken wir uns nicht, doch die ganz wichtigen bleiben im Gedächtnis.

Laura hatte ein gutes Wesen, war hilfsbereit und nett. Ihr größter Wunsch war es immer schon gewesen, Balletttänzerin zu sein, doch traute sie sich nicht, ihren Wunsch in die Tat umzusetzen. Sie fühlte sich einerseits zu dick und andererseits zu alt, um sich in einem Ballettröckchen durch die Gegend zu schwingen. Auch Georg hatte einen Herzenswunsch. Er wäre gern ein Eishockey-Profi gewesen. Da er jedoch von der Statur her eher schmächtig gebaut war und auch kein besonderes Eislauftalent hatte, blieb ihm dieser Wunsch bisher verwehrt. Auch Georg war ein guter Mensch und reinen Herzens.

Und genau zu solchen Menschen kommt in der Silvesternacht die Wunschfee.

Die Wunschfee hat eine himmellange Namensliste, die sie der Reihe nach abarbeitet.

In dieser Silvesternacht standen Lauras und Georgs Namen ganz oben.

So träumte Laura in dieser Nacht ihren Wunschtraum, sie war eine strahlende Balletttänzerin und wirbelte auf einer Bühne in den Wolken herum. Sie genoss diesen Traum, als wäre er Realität. Doch was war das? Mitten in ihrem federleichten Ballettanz kam ihr Georg in voller Eishockey-Montur entgegen. Die Wunschfee war wohl etwas gestresst, denn normalerweise kreuzen sich die Träume zweier Menschen nur dann, wenn es wirklich einen Sinn ergibt.

So trafen sich Georg und Laura in ihren Wunschträumen und staunten über das jeweilige Outfit des anderen. Die Wunschfee bemerkte ihren Fehler und ordnete die Träume ganz schnell wieder richtig ein, sodass jeder seinen eigenen Traum weiterträumte.

Am nächsten Morgen wachten Laura und Georg sehr glücklich auf. Beide hatten ein Gefühl, als wären ihre Herzenswünsche in Erfüllung gegangen.

Beim Frühstück erinnerte sich Laura plötzlich an ihren Balletttraum und auch an die kurze Sequenz, als sie Georg in Eishockey-Montur getroffen hatte. Auch ihm fiel das Eishockey-Match seines Lebens gerade wieder ein. Ja, und war da nicht auch noch irgendetwas mit Laura im Ballettröckchen?

Laura brach das Schweigen: „Du, Georg, ich habe heute Nacht von dir geträumt.“ Die beiden tauschten sich über ihre Träume aus und waren schon ziemlich verdutzt, dass in der vergangenen Nacht ihre sehnlichsten Wünsche in Erfüllung gegangen waren. Aber dass sie sich im Traum getroffen hatten, das war noch sonderbarer. Doch kannten sie nun ihre Wunschträume.

Die Träume der Raunächte gehen in Erfüllung, die Traumnacht von 31. Dezember auf den 1. Jänner bezieht sich auf den Monat August. Genau in diesem Monat machten Georg und Laura bei einem Gewinnspiel mit, dessen Hauptpreis die Erfüllung eines besonderen Wunsches ermöglichte. Es war natürlich klar, dass die beiden zu den Gewinnern zählten und sich damit ihre Wunschträume auch im richtigen Leben erfüllen konnten. Laura nahm Ballettstunden und Georg durfte mit seiner Lieblingseishockey-Mannschaft trainieren.

Und wer weiß, vielleicht kommt ja die Wunschfee dieses Jahr in den Raunächten zu Ihnen!? Ich wünsche es Ihnen auf alle Fälle von ganzem Herzen!

Gutes neues Jahr!

Es war einmal ... ein Mann, der war ein ziemlicher Griesgram. Er lebte alleine und suchte keinen Kontakt zu den Menschen. In seinem Dorf wohnte eine liebe Frau, die war das exakte Gegenteil. Ihr innerer Auftrag war es, den Menschen Gutes zu tun. Am Neujahrstag ging sie von Tür zu Tür, um den Leuten ein gutes neues Jahr zu wünschen. Sie teilte kleine Glücksbringer aus und machte den Menschen eine große Freude damit. In jedem Haus war sie gern gesehen und niemand sprach ein böses Wort über sie.

So kam sie einmal zu einer alten Frau, die nicht mehr so gut sehen konnte. Sie las ihr aus der Zeitung vor und eine Glückwunschkarte, die schon seit Weihnachten ungelesen auf dem Küchenschrank stand. Endlich wusste die Alte, wer ihr die Karte geschrieben hatte! Was für eine Freude breitete sich in ihrem Herzen aus, als sie erfuhr, dass es das Enkelkind war, das in Amerika lebte und zu Weihnachten an die Oma gedacht hatte.

Im nächsten Haus baute die Frau gemeinsam mit den Kindern im Garten einen Schneemann. Die Mutter hatte nämlich die Grippe und war bettlägerig. Endlich kam jemand, der sich der Kinder annahm!

So ging es den ganzen Tag dahin. Die Frau liebte den 1. Jänner. Das war ein ganz besonderes Datum für sie, an dem sie den Menschen Freude bereitete und auch selbst dem Glück ganz nah war. So viele schöne Erlebnisse, so viele freundliche Gesichter ... bis auf eines!

Der alte Griesgram war ein harter Brocken. Das wusste auch die liebenswürdige Frau. Im Vorjahr hatte er die Türe erst gar nicht aufgemacht, als sie am Neujahrstag bei ihm geläutet hatte. Die Frau hatte ihm einen selbst gebastelten Glückbringer und einen kleinen Zettel hinterlassen: „Gutes neues Jahr! Und öffnen Sie nächstes Jahr bitte die Tür!“

Auch dieses Jahr versuchte die Frau ihr Glück bei dem verschlossenen Mann. Nach dreimaligem Läuten machte der alte Griesgram doch noch die Haustüre auf.

„Ein gutes neues Jahr wünsche ich Ihnen! Darf ich hereinkommen?“

„Wenn es sein muss ...“, brummte er.

„Schön haben Sie es hier, so gemütlich und so viele Bücher. Haben Sie die alle gelesen?“ – „Ja.“ – „Dann müssen Sie ein sehr belesener Mann sein, möchten Sie sich nicht etwas über Ihre Bücher unterhalten? Ich lese auch sehr viel.“ – „Nein danke.“

Die Frau dachte nach, womit sie dem alten Herrn eine Freude machen konnte. Es war ganz einfach: „Ich denke, ich gehe dann wieder. Es war nett, mit Ihnen zu plaudern!“

Das Gesicht des Mannes erhellte sich. Ein klitzekleines Lächeln huschte über seine Lippen.

Ja, sie hatte es geschafft. Der Mann freute sich zwar nur darüber, dass sie wieder ging. Aber Mission erfüllt. Auch dem schwierigsten Fall hatte sie eine kleine Freude machen können.

Ab diesem Jahr besuchte die Frau, die anderen so gerne eine Freude machte, den griesgrämigen Mann jedes Jahr am Neujahrstag. Und jedes Jahr freute er sich aufs Neue, wenn sie nach ein paar belanglosen Sätzen wieder ging. Doch insgeheim hatte er die Frau lieb gewonnen, die ihn, obwohl er so ein unfreundlicher Zeitgenosse war, jedes Jahr wieder besuchen kam. Über die Jahre dauerten die Neujahrsbesuche immer länger, die beiden kamen über seine Bücher ins Gespräch. Und eines schönen Neujahrstages bot er der Frau sogar einen Kaffee an. So hatte es die liebenswürdige Frau schließlich geschafft, dem alten Griesgram mit ihren Neujahrsbesuchen eine „echte" Freude zu machen.

Das Silvester-SMS

Es war einmal ... rund um Mitternacht zum Jahreswechsel. Mira feierte mit ihrem Freund Sven gemütlich Silvester in den eigenen vier Wänden und hatte wie jedes Jahr ihrem gesamten Freundeskreis kurz vor Mitternacht noch schnell ein SMS geschickt. Mit dem üblichen Text, den sie von einem Arbeitskollegen bereits am Vormittag – ebenfalls per SMS – übermittelt bekommen hatte.

Von allen ihren Freunden bekam sie Antwort. Von manchen gleich, von anderen ein paar Stunden später, nur von Carola hatte sie auch am Neujahrstag noch immer keine guten Neujahrswünsche per SMS erhalten. War sie etwa sauer? Hatte sie das SMS nicht bekommen? Ach, vielleicht hat sie nur vergessen zurückzuschreiben. Aber Carola schrieb normalerweise immer sofort zurück, das war nicht ihre Art, sich auf ein SMS nicht zu melden. Den ganzen Neujahrstag grübelte Mira darüber nach, warum Carola nicht geantwortet hatte.

Sven merkte, dass mit seiner Freundin etwas nicht stimmte, und fragte nach, was los sei.

Zuerst wollte Mira nicht sagen, dass sie sich über die Freundin ärgerte, doch dann erzählte sie ihrem Freund die Bedenken, die sie hatte, die mit Bemerkungen wie „typisch Frau" oder „deine Sorgen möchte ich haben" kommentiert wurden.

„Warum rufst du sie denn nicht einfach an, wenn dich die Sache so quält!?", meinte Sven. Doch das war gar nicht so einfach. Denn wenn Carola bewusst kein SMS zurückgeschrieben hatte, weil sie eventuell wegen irgendetwas sauer war, dann war es doch fast ein Schuldeingeständnis, wenn Mira jetzt auch noch bei ihr anrief. Doch die beiden Freundinnen hatten keinen Streit und es gab auch keinen Grund, warum Carola auf Mira hätte sauer sein können. Oder vielleicht doch? Mira grübelte weiter: Wer weiß, vielleicht war ihr etwas entgangen?

Vor einem Monat bei der Geburtstagsfeier von Hermine, war da nicht schon irgendetwas anders zwischen Carola und ihr, vielleicht eine gewisse Distanz zu spüren gewesen? Mira fand keine Antwort und gab sich voll und ganz ihrer Grübelorgie hin.

Ihre Erklärungsversuche wurden immer abstruser: Wer weiß, vielleicht hatte Carola einen Unfall, lag im Krankenhaus und konnte nicht sprechen – geschweige denn SMS schreiben! Jetzt ging ihre Fantasie endgültig mit Mira durch und sie kam auf die ausgefallensten Gründe, warum Carola kein „Gutes neues Jahr"-SMS geschickt haben könnte.

Vielleicht war das Handy in die Badewanne gefallen oder der Kater hatte es nach draußen in den Wald verschleppt? Oder sie war im Ausland auf Urlaub und hatte das Handy nicht mitgenommen. Möglicherweise verbrachte Carola Silvester auf einer Berghütte und hatte keinen Empfang? Oder der Akku war leer und das Ladegerät im Büro? Oder das Handy hatte einfach nur den Geist aufgegeben, auch das soll vorkommen!

Mira war den ganzen Tag mit dem ausbleibenden SMS beschäftigt und konnte an nichts anderes mehr denken. Irgendwann reichte es ihr und sie beschloss, die Freundin doch noch anzurufen und zu fragen, was los sei.

Es läutete am anderen Ende der Leitung, Miras Spannung stieg.

„Hallo?"

„Hallo Carola, wie geht es dir? Hier spricht Mira! Ich wünsche dir ein gutes neues Jahr und recht viel Gesundheit!"

„Danke für die guten Wünsche, Mira! Dir und Sven auch ein gutes neues Jahr! Ich wollte dich heute auch schon anrufen, jetzt bist du mir zuvorgekommen!"

Mira atmete innerlich auf. Carola war also nicht sauer. Aber eins wollte sie nun doch wissen: „Hast du mein SMS bekommen?"

„Welches SMS? Nein, ich habe von dir kein SMS bekommen, hast du mir denn eines geschrieben!?"

„Ja, das habe ich! Anscheinend ist es nicht angekommen! So etwas aber auch!"

Mira war erleichtert. Sie hatte sich umsonst Sorgen gemacht. Es gab eine ganz einfache Erklärung: Miras SMS war nie angekommen. Und der Anruf löste das Missverständnis endlich auf.

Die Freundinnen plauderten noch lange miteinander und Mira freute sich über das nette Gespräch. Mira musste zugeben, dass sie sich die Grübeleien sparen hätte können. Und so beschloss sie, im nächsten Jahr keine SMS mehr zu verschicken, sondern ihre Freunde lieber wieder anzurufen und ihnen persönlich ein gutes neues Jahr zu wünschen.

Die neunte Raunacht erzählt.

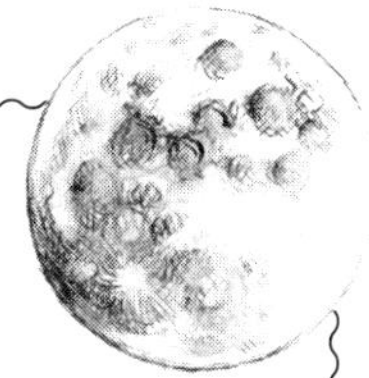

Neunte Raunacht: 1./2. Jänner
Traummonat: September
Was kann ich tun: Herausforderungen annehmen, Chancen nutzen, Ängste beleuchten

Das neue Jahr hat begonnen und bringt viele neue Herausforderungen und Chancen mit sich. Eine besondere Herausforderung ist es, sich seinen Ängsten und Schwächen zu stellen.

Fragen Sie sich heute: Wovor fürchte ich mich besonders? Wovor habe ich am meisten Angst? Versuchen Sie im neuen Jahr, Ihre Schwächen zu Ihren Stärken zu machen. Das mag verrückt klingen, ist es aber nicht. Jede unserer Schwächen möchte uns etwas sagen. Wir sind aufgefordert, diesen Bereich besonders liebevoll und intensiv zu betrachten. Energie folgt der Aufmerksamkeit. Beleuchten wir unsere Schwächen und transformieren wir sie zu Stärken.

Die Selbstüberwindung ist eine starke Kraft. Besonders in den Raunächten können wir Veränderungen an uns selbst und an unserer Lebensweise schneller und nachhaltiger bewirken.

Nutzen Sie diesen Tag für einen Jahresrückblick: Was war gut im Monat September des vorigen Jahres, und was war schlecht? Achten Sie wieder besonders auf Ihre Träume. Denn die Raunächte eröffnen uns immer wieder einen Blick in die Zukunft. Was Sie heute Nacht träumen, das betrifft den Monat September im kommenden Jahr.

Die große Chance

Es war einmal ... in der Zeit der Raunächte. Da erzählte man sich, dass es im Wald einen magischen Ort gäbe, an dem man seine Chancen für das kommende Jahr erfahren könnte.

Ein junger Mann hörte von dieser Möglichkeit und beschloss, in den Raunächten in den Wald zu gehen, um diesen magischen Ort aufzusuchen. Der Mann war arm und hatte nichts zu verlieren. Außerdem war er mutig, denn sonst hätte er sich wohl nicht getraut, alleine in den Wald zu gehen.

Seine Freunde rieten ihm ab, es sei viel zu gefährlich. Viele Geschichten gingen um über die Zeit der Raunächte. Der Wald schlucke die Menschen in diesen Nächten, hieß es, viele seien nicht mehr zurückgekehrt, die neugierig auf ihr Schicksal gewesen waren.

„Bleib lieber zu Hause, anstatt dein Leben aufs Spiel zu setzen", redete die Mutter ihm gut zu. Doch sie hielt ihren Sohn nicht davon ab, in den Wald zu gehen, denn er war alt genug und für sich selbst verantwortlich.

So machte er sich in jener Nacht in den Wald auf. Es war eine besonders finstere Nacht. Außerdem war es bitterkalt und der Suchende hatte schon bald die Orientierung verloren. Er hatte sich verlaufen und sank schließlich erschöpft am Stamm eines Baumes nieder. Der junge Mann glaubte schon, sein letztes Stündlein hätte geschlagen, als er da so kauerte und vor Kälte bibberte. Doch plötzlich teilte sich der Stamm des Baumes und ein dunkler Gang breitete sich vor ihm aus.

Der Mann betrat die magische Öffnung. Nach einem langen Marsch kam er an eine Weggabelung. Hier entdeckte er einen Wegweiser, der in zwei Richtungen zeigte. Auf einem Pfeil stand „Die große Chance" geschrieben und auf dem zweiten Richtungspfeil las er: „Wie im Himmel".

Jetzt war guter Rat teuer. Natürlich wollte der Mann seine große Chance kennenlernen, doch „Wie im Himmel" klang auch sehr verlockend. Er überlegte hin und her und konnte sich einfach nicht entscheiden.

Da landete plötzlich eine Eule auf dem Wegweiser und sprach zu dem Mann:

„Mein Herr, du musst dich bald entscheiden, sonst ist die Nacht eher vorbei, als dass du in der Anderswelt etwas erfahren hast, das dir von Nutzen sein kann."

„Ja, aber ich weiß einfach nicht, wohin – ich möchte beide Wege gehen! Ich möchte beide Erfahrungen machen!", der Mann war unentschlossen.

„Das geht leider nicht, entscheide dich für eine Richtung oder kehre wieder um!", die Eule flog so schnell davon, wie sie gekommen war. Und der Mann wusste noch immer nicht, wohin er gehen sollte. Nun kam eine weiße Taube durch die Lüfte gesegelt und nahm Platz auf dem geheimnisvollen Wegweiser.

„Mein Herr, du musst dich entscheiden, wohin willst du gehen? Beide Wege haben etwas für sich, doch hast du nicht mehr lange Zeit. Wenn du hier stehen bleibst und überlegst, erreichst du dein Ziel nie!“ Mit diesen Worten flatterte das weiße Federtier davon und der Mann wusste noch immer nicht, was er tun sollte.

Als Nächstes kam ein Adler geflogen. Das mächtige Tier sprach zu dem Mann: „Wenn du jetzt nicht sofort losgehst, dann ist es zu spät, dann bleibst du für immer und ewig in der Anderswelt und vergisst, dass du jemals ein Mensch gewesen bist.“

Schön langsam wurde dem Mann klar, dass er sich wirklich beeilen musste. Er beschloss, in Richtung „Große Chance“ zu gehen und bedankte sich bei dem Adler für den guten Rat.

Der Weg wurde immer schmaler und schmaler. Am Wegesrand wuchsen sonderbare Gestalten aus der Erde, die dem Mann stumm ihre Hände entgegenstreckten. Jetzt gruselte ihn schon ein wenig. Wer waren diese Kreaturen, waren das etwa Menschen?

Schließlich erreichte er eine kleine Hütte mit der Aufschrift „Die große Chance“. Er klopfte an, und die Hüttentür öffnete sich. Im Inneren der Hütte saß eine alte Frau mit einer Glaskugel, die konnte die Zukunft voraussagen.

„Ich bin die Hüterin der großen Chancen der Menschheit“, sprach die Seherin.

Der Mann war froh, endlich an sein Ziel gekommen zu sein, und nun doch ein bisschen neugierig, was denn das für traurige Gestalten waren, die er am Wegesrand gesehen hatte. „Die Kreaturen am Wegesrand sind Menschen, die es nicht mehr rechtzeitig geschafft haben, die Anderswelt zu verlassen, und die dazu verdammt sind, bis in alle Ewigkeit hier zu bleiben. So wie du konnten sie sich an der Weggabelung nicht entscheiden, wohin sie gehen sollten. Viele haben nach ihrem Besuch bei mir versucht, auch noch den Himmelsweg zu gehen, doch ihre Zeit reichte nicht aus.“

Der Mann erschrak: Also waren es doch keine Ammenmärchen, dass in den Raunächten Menschen im Wald verschwanden.

„Wie kann diesen Menschen geholfen werden? Gibt es eine Möglichkeit sie zu erlösen?“ Der junge Mann hatte ein gutes Herz und wollte helfen. Die Wahrsagerin sah ihm tief die Augen: „Diese Frage hättest du besser nicht stellen sollen, junger Mann, denn die einzige Möglichkeit, diese Männer und Frauen zu erlösen, ist es, auf deine eigene große Chance zu verzichten. Du kannst deine Möglichkeit, zu Reichtum und Glück zu kommen, eintauschen gegen das Leben dieser hier gefangenen Seelen. Du hast die Wahl."

Der Mann überlegte nicht lange, er wollte helfen, die Menschen zu erlösen. „Was muss ich tun?"

„Du musst gar nichts tun, geh einfach wieder nach Hause."

Nachdem die Wahrsagerin diesen Satz zu Ende gesprochen hatte, überfiel den Mann eine bleierne Müdigkeit und er versank augenblicklich in tiefen Schlaf. Als er erwachte, fand er sich auf dem Waldboden wieder, kauernd und frierend. Hatte er seine Abenteuer in der Anderswelt nur geträumt, oder war er wirklich dort gewesen? Er untersuchte den Baumstamm nach dem Zugang, durch den er geschlüpft war, doch er konnte keine Öffnung mehr finden. Schnell machte er sich auf den Heimweg. Er folgte dem Ruf einer Eule, die ihn nach Hause führte.

Die Mutter erwartete den Sohn bereits und schloss ihn freudestrahlend in die Arme. „Mein lieber Sohn, ich bin so froh, dass du wieder da bist!"

Die Eule hatte ihn nicht nur nach Hause begleitet, sondern wartete schon vor seinem Fenster. Sie klopfte mit ihrem Schnabel an die Fensterscheibe. Es war die sprechende Eule aus der Anderswelt. Das Ganze war also doch kein Traum gewesen. „Lass mich ein, ich habe eine wichtige Nachricht für dich!"

In ihrem Schnabel trug sie ein kleines Säckchen, das sie jetzt auf den Boden fallen ließ. Der junge Mann traute seinen Augen nicht, als er sah, dass sich in dem Beutel über hundert Goldmünzen befanden.

„Du hast mit deiner Entscheidung in der Anderswelt viele Menschen erlöst, und für jede einzelne Seele sollst du eine Goldmünze erhalten. Du bist ein guter Mensch und wirst jetzt für deine Tat belohnt. Du hast deine große Chance genutzt und bist ab heute ein reicher Mann!" Die Eule flog davon.

Jetzt war die Freude noch größer, als der junge Mann der Mutter seinen Goldschatz zeigte! Von nun an waren die mageren Tage vorbei, Reichtum und Fülle sollten in ihr Haus einkehren.

In jener Nacht kamen viele Menschen ins Dorf zurück, die schon lange als vermisst galten. Sie konnten sich nicht erinnern, wo sie all die Jahre geblieben waren und nur einer im Dorf wusste Bescheid. Doch der junge Mann behielt sein Geheimnis für sich. Es wäre zu gefährlich gewesen, den Menschen zu berichten, dass sein plötzlicher Reichtum aus der Anderswelt stammte. Sonst hätte er wohl bald wieder ausrücken müssen, um erneut Menschen aus der Anderswelt zu retten.

Der junge Mann genoss sein Leben und erfreute sich an seinem Reichtum. Eines Tages beschloss er, in den Raunächten wieder die Anderswelt zu besuchen. Auch diesmal fand er den Zugang über die Öffnung in dem Waldbaum. Und auch diesmal kam er zu der Weggabelung. Er entschied sich, den zweiten Weg zu gehen. „Wie im Himmel" klang noch immer sehr verlockend und so kam er an einen türkisfarbenen See, auf dem kleine weiße Wölkchen schwammen. Auf jeder Wolke saß eine kleine Meerjungfrau und spielte auf einer Harfe. Wundersame Melodien erklangen und der Mann war fasziniert von diesem himmlischen Ort.

Wieder kam die Eule geflogen und sprach zu dem Mann: „Auch hier darfst du die Zeit nicht vergessen, es ist ein schöner Ort, doch die Zeit verrinnt hier schneller als auf der Erde. Wenn du zu lange verweilst, dann zerfällst du zu Staub, beeile dich!"

Der Mann hatte noch nie so ein Gefühl der Glückseligkeit wie an diesem Ort empfunden. Doch er nahm die Worte der Eule sehr ernst. Schweren Herzens verließ er das himmlische Plätzchen und machte sich auf den Rückweg. Der Weg war menschenleer, und zum Glück waren auch am Wegesrand keine festgewachsenen Gestalten zu sehen.

Um eine Erfahrung reicher, kehrte der Mann zurück in sein Heim. Diesmal erwartete ihn nicht seine Mutter an der Eingangstür, sondern seine Frau, die sich schon Sorgen gemacht hatte. Noch nie hatte sie ihren Mann so glücklich gesehen. Der Mann konnte seine himmlische Erfahrung aus der Anderswelt mit in sein Erdenleben nehmen und wurde dadurch in seinem Herzen noch reicher an Liebe und Glückseligkeit.

Und wieder schwieg er still über seine Erlebnisse, zu groß war die Gefahr, dass ein Mensch zu lange an jenem himmlischen Ort verweilen würde. Dank der Eule war es ihm gelungen, rechtzeitig zurückzukehren, doch das weise Federtier kommt nicht zu jedem Besucher der Anderswelt, sondern nur zu jenen, die reinen Herzens sind.

Wichtel Edeke und der Sportmuffel

Es war einmal ... ein ziemlich unsportlicher Mann. Er nahm sich wie jedes Mal zum Jahreswechsel vor, mit dem Sport zu beginnen. Am 1. Jänner musste er sich noch um seinen Kater aus der Silvesternacht kümmern und hatte damit einen wirklich guten Grund, faul auf der Couch herumzuliegen.

Doch am 2. Jänner gab es keine Ausrede mehr. An diesem denkwürdigen Tag sollte die Sportkarriere des Sportmuffels endlich beginnen. Was der Mann natürlich nicht wusste: Er stand auf der Liste des sehr engagierten Wichtels Edeke. Nicht nur zu Weihnachten sind unsere Wichtelfreunde aktiv, sondern während der gesamten Raunächte tun sie ihre Wunder, um den Menschen zu helfen.

Schon in der Nacht ließ das Wichtelkind den bequemlichen Mann von einem Spaziergang träumen. „Wir fangen klein an“, dachte Wichtel Edeke. In seinem Traum traf der Mann während des Spaziergangs eine äußerst attraktive Frau, die einfach so vor ihm herging. Sie marschierte jedoch so schnell, dass er ihr nicht nachkam, schließlich fing der Mann im Traum sogar zu laufen an, holte sie ein und ... sie küssten sich! Was für ein schöner Traum! Wichtelträume haben es an sich, dass man sich am nächsten Tag besonders gut an sie erinnert. Dies sollte dem Mann zugutekommen.

Er hatte über die Feiertage Urlaub und wohnte in der Nähe eines großen Parks. Wichtel Edeke sorgte für strahlenden Sonnenschein und hoffte das Beste.

Und wirklich, angeregt durch seinen sportlich-romantischen Traum, beschloss der Mann, sich seine Sportsachen anzuziehen und in den Park Walken zu gehen. Wie lange war das wohl her, dass er sich sportlich betätigt hatte? Er war plötzlich ziemlich motiviert und freute sich auf eine sonnige Walkingtour.

In den Raunächten können Wunder geschehen, wenn wir es zulassen, und so trug es sich zu, dass im Stadtpark nicht nur der motivierte Mann seine Walkingrunde drehte, sondern auch eine ähnlich unsportlich veranlagte Frau, die ebenfalls von einem Wichtelkind ins Freie gelockt worden war.

Auch Wichteline Wulla-Wulla hatte ihre Arbeit gut gemacht und Wichtel Edeke freute sich, dass sich ihre beiden Aufträge jetzt trafen.

Sofort fiel dem Mann die Dame im rosaroten Outdoor-Outfit auf. Wie im Traum ging er jetzt ein bisschen schneller, um der Frau näherzukommen. Er holte sie schließlich ein und verwickelte sie in ein Gespräch. Es gab zwar – so wie im Wichteltraum – nicht sofort einen Kuss, aber die Chancen standen gut, denn die beiden waren sich von Anfang an sympathisch.

Die zwei Sportmuffel tauschten sich im Park darüber aus, wie lange sie schon nicht mehr Walken gewesen waren und dass sie die guten Neujahrsvorsätze jetzt doch noch aus dem Haus getrieben hätten ... Was für ein Zufall! Beide hatten noch Urlaub bis zum Dreikönigstag. Sie verabredeten sich für den nächsten Tag, um wieder gemeinsam ihre Runde im Park zu drehen. Die Wichtelkinder sorgten natürlich für gutes Wetter und dieses Mal ging sich nach der Walking-Einheit auch noch ein Kaffeehausbesuch aus.

So verliebten sich die beiden nicht nur ins Walken, sondern auch ineinander. Wichtel Edeke und Wichteline Wulla-Wulla hatten wieder einmal ganze Arbeit geleistet. Zwei Menschen gleichzeitig Gesundheit UND Liebe zu bringen, war doch wirklich eine tolle Sache!

Ein halbes Jahr später wurde schon Hochzeit gefeiert, und weil die beiden so romantisch waren, heirateten sie in dem Park, in dem sich kennengelernt hatten.

An jedem 2. Jänner des Jahres feierte das nun sportliche Paar ihre Liebe aufs Neue und ging aus alter Tradition in den Park Walken. Diesen Sport – und damit verbunden ihre Gesundheit – pflegten die ehemaligen Sportmuffel zeit ihres Lebens, denn er war es auch, der sie zusammengebracht hatte, wie sie glaubten.

Also, liebe Leute, seid achtsam auf eure Träume in den Raunächten! Es könnte ein Wichteltraum dabei sein, der nur darauf wartet, durch euch in Erfüllung zu gehen!

Die Geschichte von der ängstlichen Glühbirne

Es war einmal ... eine Glühbirne, die lag wohlverpackt in einer Pappschachtel in einer großen Lagerhalle. Neben ihr lagerten noch Tausende andere Glühbirnen. Doch genau diese eine Glühbirne, die sich von Machart und Aussehen in nichts von den anderen Glühbirnen unterschied, hatte ein Problem. Sie hatte große Angst vor dem Leuchten. Was hatte sie nicht für grausige Geschichten gehört, dass so manche Glühbirne sofort nach dem ersten Stromkontakt explodiert sei und unendlich heiß sollte das Leuchten sein und – unangenehm. Jeden Tag und jede Nacht machte sich die Glühbirne Gedanken über die Schrecklichkeit des Leuchtens und hoffte insgeheim, dass sie niemals im Leben mit der gefährlichen Elektrizität in Kontakt kommen würde.

Da noch nie eine Glühbirne in den Lagerraum zurückgekehrt war und aus eigener Erfahrung hätte berichten können, wie denn das Leuchten wirklich so ist, kursierten die wildesten Gerüchte darüber, wie schlimm es denn sei, als Glühbirne erleuchtet zu werden.

Eines Tages war es dann so weit, die ängstliche Glühbirne wurde mit unzähligen anderen Glühbirnen aus dem Regal genommen, in einen Lastwagen verladen und in ein nahe gelegenes Geschäft transportiert. Dort angekommen, wünschte sich die Glühbirne nichts sehnlicher, als ganz hinten im Regal stehen zu dürfen, damit es mit dem Verkauftwerden noch etwas dauern würde. Doch irgendwann kam auch für die ängstliche Glühbirne der Tag, an dem eine Frau zielstrebig nach ihr fasste und sie vorsichtig in ihren Einkaufskorb legte.

Panik überkam die Glühbirne, doch sie musste ihre Reise nicht ganz alleine antreten, die Frau nahm noch eine zweite Glühbirne aus dem Regal und so waren sie wenigstens zu zweit auf ihrem ungewissen Weg zum Licht.

Sich als verpackte Glühbirne auf einem Kassenförderband zu bewegen, war irgendwie aufregend, doch die Angst vor der ungewissen Zukunft nagte an der Fassung. Und als die ängstliche Glühbirne über den Scanner gezogen wurde, glaubte sie schon, ihr letztes Stündchen hätte geschlagen. Die zweite Glühbirne nahm alles sehr gelassen, das Einscannen kitzelte ein bisschen, und wenn die Glühbirne hätte kichern können, dann hätte sie das jetzt wohl getan.

Die Frau machte sich zu Fuß auf den Heimweg. Die Glühbirnen schaukelten dabei sanft im Einkaufskorb hin und her, der Ängstlichen der beiden wurde natürlich übel dabei.

Endlich war das Schwanken vorbei, die Frau war zu Hause angekommen und packte ihre Einkäufe aus. Sie nahm die ängstliche Glühbirne aus ihrer Pappschachtel, und dieser zitterten vor Angst unmerklich die Glühfäden. Vorerst wurde sie auf dem Tisch abgelegt. Von hier aus musste sie mit ansehen, wie die Frau aus dem Lampenschirm eine Glühbirne herausschraubte. Das quietschte ein wenig, und die ängstliche Glühbirne nahm an, dass das nun ganz schlimme Schmerzensschreie der alten Glühbirne sein mussten. „Oje", dachte sie, „meine Vorgängerin hat das Leuchten schon nicht überlebt, wie soll ich das nur überstehen?"

Voller Angst und ohne einen Funken Hoffnung wurde die Glühbirne in die Hand genommen und unter leichtem Quietschen, das seltsamerweise gar nicht wehtat, in die Fassung des Lampenschirmes gedreht.

Noch war es draußen hell, doch wollte die Frau überprüfen, ob die neue Glühbirne auch wirklich funktionierte. So marschierte sie schnurstracks zum Lichtschalter, um diesen zu betätigen. Die Glühbirne hätte in ihrer Todesangst jetzt gerne die Fassung verloren, doch festgeschraubt war es ihr unmöglich, aus ihrer für sie aussichtslosen, ja katastrophalen Lage zu entkommen.

„Bitte nicht den Lichtschalter betätigen, bitte nicht, ich will noch ein bisschen leben!" ... Doch schon war es geschehen, die Elektrizität durchzuckte die ängstliche Glühbirne mit einem Schlag und ließ sie hell erleuchten.

„Bin ich tot?", dachte die Glühbirne, als sie den warmen Strom in sich spürte, der sich alles andere als unangenehm anfühlte. Ganz im Gegenteil, die Glühbirne wurde mit ihrem Leuchten erst so richtig zum Leben erweckt. Das Leuchten war ihre Lebensaufgabe und mit ein bisschen Strom erhellte sie nicht nur die Dunkelheit, sondern fand selber Freude daran, ein Lichtspender zu sein. Und das Beste daran war: Es tat gar nicht weh! Wie unnötig war doch ihre Angst vor dem Leuchten gewesen. Aber die vielen Gerüchte und Geschichten rund um das Elektrisiertwerden ... Und die Glühbirne war sich bis zuletzt ganz, ganz sicher gewesen, dass das Erleuchtetwerden sie auf einen Schlag umbringen würde. Und wie strahlte sie jetzt schön und glücklich vom Lampenschirm herab, beobachtete die Menschen, die in ihrem Licht wichtige Dinge verrichteten, Gespräche führten oder ein Buch lasen.

Freudig spendete sie immer wieder Licht, wenn ein Mensch sie dazu aufforderte, indem der Lichtschalter betätigt wurde. Die zweite Glühbirne war richtig neidisch, dass sie noch nicht leuchten durfte. Doch nach ein paar Tagen wurde eine Schreibtischlampe für den Sohn des Hauses angeschafft, und diese sollte das neue Zuhause der zweiten Glühbirne werden. So strahlten sie, manches Mal gemeinsam und wieder ein anderes Mal jede für sich alleine, um den Menschen Licht zu schenken und sich selbst an ihrer Gabe zu erfreuen, die Erde ein bisschen heller zu machen.

Und wenn sie nicht ausgebrannt sind, dann leuchten sie noch heute!

Die zehnte Raunacht erzählt.

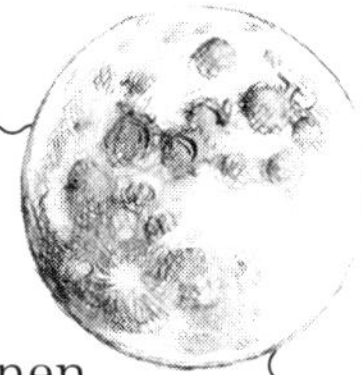

Zehnte Raunacht: 2./3. Jänner
Traummonat: Oktober
Was kann ich tun: aus Fehlern lernen, alte Muster auflösen, sich selbst erkennen

In den Raunächten haben wir die besondere Möglichkeit, in unseren ganz persönlichen Spiegel zu blicken. Was läuft nicht rund in unserem Leben? Wo müssen wir uns besonders anstrengen? In welchen Lebensbereichen passieren uns die meisten „Fehler“? Wie können wir aus unseren Fehlern lernen und es künftig besser machen?

Alte Muster begleiten uns durch das Leben. Vielleicht sind uns einige davon bekannt, und wir möchten sie durch neue ersetzen. Die Raunächte bieten uns eine gute Gelegenheit, alte Verhaltensweisen zu beleuchten und zu überlegen, wodurch wir sie ersetzen könnten. Muster müssen nicht immer schlecht sein, doch hindern uns manche unserer Lebensmuster daran, neue Schritte zu gehen, für Veränderungen bereit zu sein und uns neu zu orientieren.

Nutzen Sie diesen Tag für einen Jahresrückblick: Was war gut im Monat Oktober des vorigen Jahres, und was war schlecht? Achten Sie besonders auf Ihre Träume. Denn die Raunächte eröffnen uns einen Blick in die Zukunft. Was Sie heute Nacht träumen, betrifft den Monat Oktober im neuen Jahr.

➳ Frau Holle ➳

Es war einmal ... ein junges Mädchen namens Sophie, das in seinem Haushalt nur die nötigsten Dinge verrichtete. Der Wäschekorb war voll, der Geschirrspüler auch und im Kleiderschrank herrschte große Unordnung. Nach außen sah es so aus, als sei Sophie einfach nur faul, doch stimmte das ganz und gar nicht. Denn wenn es darum ging, anderen Menschen zu helfen oder für andere etwas zu tun, dann war sie mehr als motiviert. Nur in den eigenen vier Wänden ging ihr dieser Elan leider ab.

In den Raunächten bekommt die Erde Besuch von vielerlei Wesen aus der Anderswelt. Sie helfen uns, den richtigen Weg einzuschlagen, alte Muster aufzulösen und uns selbst auf die Schliche zu kommen.

So geschah es zu jener Zeit in den Raunächten, dass auch die gute Frau Holle wieder auf die Erde kam, um jungen Menschen zu helfen, sie zu prüfen und sie entweder zu belohnen oder zu bestrafen.

Das Putzen war Sophie ein Graus und noch nie hatte sie es geschafft, ihre Wohnung richtig auf Vordermann zu bringen. So konnte das nicht weitergehen. Sophie hatte sich zu Weihnachten selbst ein Geschenk gemacht und zum ersten Mal in ihrem Leben eine Putzfrau engagiert. Am 3. Jänner sollte die Reinigungsdame ins Haus kommen.

Frau Holle nahm die Gelegenheit wahr, um Sophie dabei zu helfen, sich selbst zu helfen, und verkleidete sich als Putzfrau. Die echte Raumpflegerin vergaß wie durch Zauberhand den Termin und schon stand Frau Holle höchstpersönlich vor der Tür.

Sophie bat Frau Holle freundlich herein. Ui, Frau Holle grauste es sofort, als sie den Schmutz und den Staub sah, der sich überall in der Wohnung breitgemacht hatte. Und das in den Raunächten! Wo doch Schmutz und Dreck die Wilde Jagd anziehen!

Frau Holle hatte natürlich nicht vor, diesen Schweinestall selbst zu beseitigen. Als die Putzaktion beginnen sollte, stolperte sie geschickt über einen Putzkübel und gab vor, sich den Fuß verstaucht zu haben. Sophie wollte eigentlich gerade die Wohnung verlassen, denn sie hatte nicht vor, die Putzdame bei ihrer Arbeit zu „stören".

Nein, das war jetzt unangenehm, die fremde Frau lag auf dem Boden und wand sich vor Schmerzen, sie rieb sich den Knöchel, der schon ziemlich angeschwollen war. Unsere hilfsbereite Sophie kam gelaufen, um zu helfen. Sie schleppte Frau Holle auf die Couch und versorgte den Knöchel mit einer guten Salbe. Dann verband sie noch den verletzten Fuß und wollte schließlich die Rettung anrufen.

„Nein, nein! Gutes Kind", sprach Frau Holle, „ich habe eine bessere Idee, ich bringe dir bei, wie man putzt! Das ist ganz einfach! Du hast dann eine saubere Wohnung und ich habe meinen Putzauftrag erledigt. Du musst wissen, ich bin neu in der Putzfirma und in ein paar Stunden kommt ein Kontrolleur vorbei und wird dich fragen, wie du mit mir zufrieden warst. Wenn du ihm sagst, dass ich über einen Putzkübel gestolpert bin und mir den Knöchel verstaucht habe, dann bin ich meinen neuen Job gleich wieder los", flunkerte Frau Holle.

Sophie war ziemlich überrascht von diesem Vorschlag. Sie wollte der netten Putzdame jedoch helfen und ließ sich dazu überreden, bei der Sache mitzumachen.

Die Raunachtsregel, dass während der Zeit zwischen Weihnachten und Dreikönigstag alle Räder stillstehen sollten, galt in diesem Fall nicht, denn bei Sophie standen schon während des Jahres die Räder in Sachen Putzen still. Jetzt war es an der Zeit, für einen gesunden Ausgleich zu sorgen.

Unter der Anleitung von Frau Holle wirbelte Sophie putzend durch das Haus, wischte die Böden, putzte die Fenster und schrubbte die Badewanne. Plötzlich machte das Putzen sogar Spaß! Für die verletzte Putzdame kochte Sophie Tee, und sie bekam auch Kekse. Das war eine gute Idee, denn wer Frau Holle freiwillig verköstigt, der hat schon einen großen Stein bei ihr im Brett.

Am Ende des Tages war das Haus blitzeblank geputzt. Der Kleiderkasten war aufgeräumt und die Post der vergangenen sieben Monate ausgemistet und sortiert.

„Das hat jetzt richtig gut getan!", musste Sophie zugeben.

Frau Holle lächelte: „Du brauchst jetzt keine Putzfrau mehr und kannst dein Heim in Zukunft selber sauber halten!"

Sophie rollte mit den Augen: „Naja, ich weiß nicht, ob ich das alleine so hinkriege, und vor allem, ob ich Lust dazu habe ..."

„Warum machst du denn deine Wohnung nicht sauber? Warum lässt du eigentlich alles liegen, anstatt es gleich wegzuräumen?", Frau Holle kam in Fahrt, jetzt wollte sie dem Problem auf den Grund gehen.

Sophie fühlte sich von der forschen Putzfrau zunächst etwas überrumpelt, dachte aber dann über ihre Fragen nach. Aber es war schon eigenartig, was sich diese Putzdame da herausnahm.

„Ich weiß nicht – wenn ich etwas für mich tun soll, dann freut es mich nicht. Und Hausarbeit hat mich noch nie besonders interessiert!"

Jetzt reichte es Frau Holle und sie wurde sehr ernst: „Was für ein Unsinn! Du hast nie gelernt, dir etwas Gutes zu tun! Du musst jetzt anfangen, dich zu mögen. Deine Wohnung ist ein Spiegel deiner selbst. Wenn du deine Wohnung vernachlässigst, dann vernachlässigst du dich auch selbst! Schau dich an! Du solltest schon längst zum Friseur und eine Maniküre täte dir auch gut!"

Schön langsam wurde es Sophie zu viel, aber Frau Holle war noch nicht fertig mit ihrer Moralpredigt: „Du bist schön! Schau dich in den Spiegel, mach etwas aus dir! Sei es dir wert, dich herauszuputzen, und fange mit deiner Wohnung an! Kehre den alten Dreck hinaus und putze bis ins letzte Eck hinein. Du wirst sehen, wie sich dein Leben zum Positiven verändert. Du hast ein gutes Herz, und das ist auch der Grund, warum ich heute zu dir gekommen bin. Ich bin keine Putzfrau, ich bin die Frau Holle, die Menschen wie dir unter die Arme greift und ihnen erklärt, wie sie sich selbst helfen können! Also nimm dein Leben in die Hand und achte in Zukunft auf Sauberkeit und Ordnung in deinem Heim, dann ordnet sich auch dein Leben neu!“

Wusch! Das war jetzt eine echte Frau-Holle-Predigt. Nachdem sie den letzten Satz ausgesprochen hatte, war Frau Holle in Form einer glitzernden Staubwolke verschwunden. Ein wahrlich märchenhafter Abgang! Sophie stand mit weit offenem Mund und dem Wischmopp in der Hand da und konnte nicht glauben, was soeben passiert war.

Sie liebte das Märchen von Frau Holle und konnte sich mit dem Gesagten voll und ganz identifizieren. Dass Frau Holle persönlich ins Haus gekommen war, um ihr das Putzen beizubringen und ihr dabei die Leviten zu lesen, das war schon irgendwie eine Ehre. Sophie nahm sich die Worte von Frau Holle wirklich zu Herzen. Lange dachte sie über den Zusammenhang der äußeren und inneren Unordnung in ihrem Leben nach.

So begann sie, die Ratschläge von Frau Holle umzusetzen und sich voll und ganz darauf zu konzentrieren, das Beste aus sich selbst und ihrem Heim zu machen. Anfangs war das gar nicht so leicht. Gerne wäre Sophie wieder in das alte Muster verfallen, hätte sich selbst gehen und alles andere liegen und stehen lassen. Doch nein, Frau Holle war höchstpersönlich ins Haus gekommen, und das war für Sophie ein guter Grund, um ihre neuen Vorsätze nicht zu vergessen.

Wer einmal Besuch von Frau Holle bekommen hat, den lässt sie nicht mehr aus den Augen, ganz genau wurde darüber Buch geführt, wie sich Sophie entwickelte. Und für die Menschen, die sich auf den richtigen Weg begeben und die ihre Aufgaben auch erfüllen, für die gibt es immer eine Belohnung.

Sophie fand – nachdem sie gelernt hatte, sich selbst und ihre eigenen vier Wände zu achten – zu einem gesunden Selbstvertrauen. Sie gründete einen ganzheitlichen „Aufputz“-Beratungsdienst und wurde sehr erfolgreich mit ihrem neuen Konzept, indem sie Menschen dabei half, sich selbst und das eigene Heim auf Vordermann zu bringen.

Die perfekte Welt

Es war einmal ... ein Mann namens Heribert, bei dem lief alles nach Plan. Er hatte ein perfekt organisiertes Leben, an dem sich alle Menschen, die mit ihm zu tun hatten, orientieren mussten. Als Familienoberhaupt hatte er zu Hause das Sagen und sowohl seine Frau als auch seine Kinder mussten sich an seine perfekte Welt anpassen. In der Firma leitete er als perfekter Chef seine perfekte Abteilung, in der natürlich auch alles perfekt organisiert war. Seine Mitarbeiter hatten großen Respekt vor ihrem perfekten Abteilungsleiter, um nicht zu sagen, sie hatten große Angst vor ihm.

So geschah es in den Raunächten, dass dieser perfekte Mann Besuch von einer guten Fee bekam. Sie suchte ihn in seinen Träumen auf, um ihn dazu zu bringen, aus seiner perfekten Welt auszusteigen.

Doch das war gar nicht so einfach. Der perfekte Heribert hätte sich nicht träumen lassen, dass Feen tatsächlich existierten. Nicht einmal im Traum wollte er wahrhaben, dass es mehr zwischen Himmel und Erde gab, als er sich vorstellen konnte, und so hatte die Traumfee ihre liebe Not, vom Träumenden überhaupt wahrgenommen zu werden.

Doch sie gab nicht auf. Bewaffnet mit einer Handvoll Sternenstaub, den sie nur dann verwendete, wenn es wirklich notwendig war, mischte sie sich in einen perfekten Traum und änderte sofort die Handlung. Heribert träumte gerade, einen Baum zu pflanzen, ihn zu gießen und ihn anschließend zufrieden zu betrachten. Die gute Fee tat ihr Bestes: Anstelle des Baumes wurde nun Heribert selbst in die Erde gepflanzt und auch gleich von einer Gießkanne gegossen.

„Eigenartig", dachte er, „irgendetwas stimmt da nicht." Bevor er noch protestieren konnte, waren seine Zehennägel schon in die Erde gewachsen. Die gute Fee kam geflogen und begrüßte Heribert, der gerade damit anfing, sich über seinen seltsamen Traum zu wundern.

Die Fee sprach zu ihm: „Lieber Heribert, du bist ein guter Mensch, doch bist du fast ein bisschen zu perfekt für deine Umwelt. Sei doch in Zukunft ein bisschen toleranter deinen Mitmenschen gegenüber, die vielleicht nicht so fehlerfrei sind wie du. Damit du verstehst, was ich meine, wirst du morgen einen Tag lang mit einem deiner ungeschicktesten Mitarbeiter die Rollen tauschen. Du wirst dich so benehmen wie er und er wird sich so benehmen wie du. Hab keine Angst, das Experiment dauert nur einen Tag, aber wie sonst könntest du verstehen, wie es anderen Menschen mit dir geht, und wie sonst könntest du eine Ahnung davon bekommen, wie es ist, einmal nicht so perfekt zu sein."

Mit diesen Worten verabschiedete sich die Fee und flog davon. Der Traum endete mit einem kopfschüttelnden Heribert, der schon jetzt froh war, dass das alles nur ein Traum war – das dachte er zumindest.

Als er am nächsten Morgen erwachte, musste er feststellen, dass er – zum ersten Mal, seit er denken konnte – verschlafen hatte. Seine Frau war schon früher aufgestanden, um mit den Kindern Skifahren zu gehen. Er selbst nahm sich in den Weihnachtsferien keinen Urlaub und ging zwischen den Feiertagen lieber ins Büro, als die Zeit mit seiner Familie zu verbringen.

Noch nie war er zu spät gekommen, doch heute war ein pünktliches Erscheinen einfach nicht mehr zu schaffen. Schnell warf er sich in Büroschale und vergaß dabei glatt darauf, eine Krawatte anzulegen. Als er im Büro eintraf, sahen ihn seine Mitarbeiter mit großen Augen an. Der Chef kommt zu spät und trägt keine Krawatte ... Sein Assistent Wolfgang dagegen war heute seit Langem endlich wieder einmal pünktlich erschienen und siehe da – er trug zum ersten Mal eine perfekt gebundene Krawatte um den Hals.

Heribert fiel der Traum wieder ein. Hatte er wirklich die Rollen getauscht mit seinem tollpatschigen Assistenten, der es nicht einmal schaffte, eine Tasse Kaffee unfallfrei an den Bürotisch zu servieren!?

Als Heribert seinen Assistenten heute sah, überkam ihn ein mulmiges Gefühl, das sich zu einer ausgewachsenen Angst entwickelte. Er konnte es gar nicht fassen, was war bloß mit ihm los? Seine Stimme zitterte, als er seinen Assistenten ansprach, dieser war wiederum so selbstsicher wie noch nie zuvor. Also hatte der Rollentausch tatsächlich stattgefunden! Jetzt nur ja nicht die Nerven verlieren, er hatte eben mal kurz eine kleine Hirnstörung. Die würde sicher bald wieder vorbei sein.

Um Schlimmeres zu vermeiden, beschloss Heribert, sich den Rest des Tages freizunehmen. Immerhin waren Ferien und er konnte vorgeben, mit seinen Kindern etwas unternehmen zu wollen. So weit, so gut, der perfekte Chef war zum ersten Mal irgendwie eigenartig. Und der ungeschickte Assistent Wolfgang war heute zum ersten Mal irgendwie sehr selbstbewusst unterwegs.

Zu Hause angekommen, stellte Heribert entsetzt fest, dass seine Frau und die Kinder schon vom Skifahren zurückgekehrt waren. Der kleine Julian hatte sich bei einem Sturz ein paar blaue Flecken geholt, sodass er vor lauter Schmerzen nicht mehr Skifahren wollte. Seine verständnisvolle, liebevolle Mutter war mit den Kindern nach Hause gefahren und versorgte jetzt das Schienbein des Achtjährigen mit einer Heilsalbe und einem Verband.

Normalerweise hätte Heribert jetzt mit seiner Frau geschimpft, warum sie sich denn immer nach den Kindern richten musste und nicht ein bisschen mehr Härte zeigen könnte. Doch ausgestattet mit dem emotionalen Nervenkostüm seines mitfühlenden Mitarbeiters Wolfgang, zeigte er großes Verständnis für die Handlung seiner Frau. Er streichelte seinem Sohn über den Kopf und tröstete ihn.

Sowohl seine Frau als auch sein Sohn waren erstaunt über das Verhalten des Vaters. Beide hätten eher mit einer Predigt zum Thema Durchhaltevermögen und die „Ein Indianer kennt keinen Schmerz"-Theorie erwartet als diese liebevolle väterliche Reaktion. Und es war auch ein einmaliges Ereignis, dass der Vater schon vor dem Abendessen nach Hause kam.

Da nun die ganze Familie schon einmal zu Hause war, schlug Heribert vor, gemeinsam eine Partie „Mensch ärgere dich nicht" zu spielen. Die elfjährige Marion rollte mit den Augen. „Mensch ärgere dich nicht" mit dem Vater bedeutete, dass das Familienoberhaupt mit seiner perfekten Strategie und Spielweise sowieso gewann und dann auch noch dem Rest der Familie tolle Ratschläge gab, wie das Spiel am besten gespielt werden sollte.

Aber heute war das anders. Das gemeinsame Spielen bereitete allen richtig Spaß. Heribert machte viele strategische Fehler und verlor mit lachendem Gesicht. Die Kinder waren glücklich, auch einmal gewinnen zu können, und die Mutter lächelte innerlich über das kleine Wunder - so hatte sie ihren Mann noch nie erlebt.

Ein wunderbarer Familienabend ging zu Ende, die Kinder wurden zu Bett gebracht, Heribert las ihnen freiwillig eine Gute-Nacht-Geschichte vor und der kleine Julian hatte seine blauen Flecken schon fast vergessen.

Obwohl nicht Samstag war, machte Heribert plötzlich Anstalten, mit seiner Frau Sabine einen romantischen Abend verbringen zu wollen und entzündete ein paar Kerzen im Wohnzimmer. Der Abend klang zärtlich aus und Sabine glaubte jetzt wirklich an ein handfestes Wunder.

Als Heribert am nächsten Morgen wie immer fünf Minuten vor dem Weckerläuten erwachte, war er wieder der Alte und irgendwie traurig, dass er seine neuen Eigenschaften schon wieder los war. „Das war gestern ein besonders schöner Abend", hauchte ihm seine Frau ins Ohr und zwinkerte ihm dabei verführerisch zu. Heribert stand auf und wunderte sich, dass seine Kleidung wild in der Wohnung verteilt herumlag, auch die Kleider seiner Frau waren verstreut, was für ein schrecklicher Anblick!

Doch Moment, hatte dieser Anblick nicht auch mit den schönen Stunden des gestrigen Abends zu tun? Nie würde Sabine diese schönen Stunden vergessen, nie und nimmer! Auch Heribert hatte der romantische Abend sehr gut gefallen – die herumliegenden Sachen hatten also einen triftigen Grund.

Heute war Heribert natürlich wieder pünktlich im Büro. Sein Mitarbeiter Wolfgang jedoch auch. Die Krawatte des Assistenten saß perfekt und er schien auch wieder einen besonders guten Tag zu haben. Heribert sah seinen Mitarbeiter ab sofort mit anderen Augen, mit sanfteren, gütigeren. Er schätzte ab jetzt seine menschlichen Qualitäten, denn er hatte am eigenen Leib verspüren können, was für ein liebevolles Wesen sein Assistent Wolfgang hatte.

Einer längst fälligen Gehaltserhöhung für Wolfgang stand nichts mehr im Wege.

Heribert hatte gelernt, wie es sein kann, nicht so ganz perfekt zu sein. Es hatte ihm Spaß gemacht und er bemerkte, wie positiv seine Familie auf sein emotionales Verhalten reagierte. „Warum nicht auch in Zukunft ein bisschen weniger perfekt sein?“, dachte Heribert und fand plötzlich, dass er den perfekten Assistenten an seiner Seite hatte.

Der alte Spiegel

Es war einmal ... eine junge Frau namens Lisa, die war recht unglücklich mit ihrem Aussehen. Immer wieder entdeckte sie etwas in ihrem Gesicht, das sie störte. Sie fand ihre Augen zu klein, ihre Augenbrauen zu dünn, ihre Nase zu groß, ihre Lippen zu schmal und ihre Ohrläppchen zu großflächig. Die junge Frau hatte es sich angewöhnt, sich stark zu schminken, damit ihre Augen größer, die Augenbrauen breiter, die Nase feiner und die Lippen voller wirkten. Zum Kaschieren der Ohrläppchen verwendete sie große Ohrstecker, die schon aus zehn Metern Entfernung gut sichtbar waren.

So lief diese junge Frau mit einer dicken Schicht Make-up und viel Farbe im Gesicht durchs Leben und hatte schon fast vergessen, wie sie wirklich aussah.

Eines schönen Tages war sie bei ihrer Großmutter zu Besuch, und in deren ganzem Haus war nirgends auch nur ein Spiegel aufgehängt, was die Enkelin unmöglich fand. Wie sollte sie sich hier bloß nachschminken? Immerhin plante sie, später noch in die Stadt gehen, um ihre Freundinnen zu treffen, und da wollte sie natürlich – wie immer – perfekt gestylt sein.

„Nicht einmal im Bad hast du einen Spiegel? Großmutter, was ist los mit dir?“ Die junge Frau war schon lange nicht mehr zu Besuch gewesen. Die Großmutter verzichtete schon seit einiger Zeit auf einen Spiegel, weil sie ihr altes Gesicht nicht mehr anschauen wollte. So wie ihre Enkelin war auch sie mit ihrem Aussehen nie zufrieden gewesen und im Alter ertrug sie ihren eigenen Anblick erst recht nicht mehr.

„Auf dem Dachboden müsste noch ein alter Handspiegel sein", sagte die Großmutter. Die Enkelin machte sich sofort auf die Suche und fand in einer alten, verstaubten Kommode den besagten Spiegel.

Es war in der Zeit zwischen Weihnachten und Neujahr, in der Zeit der Raunächte, und an diesen Tagen am Ende des einen und am Beginn des anderen Jahres kann viel geschehen, manche Alltagsgegenstände entwickeln magische Fähigkeiten, und manche Menschen erkennen sich selbst.

Als sich die junge Frau im Spiegel betrachtete, sah sie sich selbst vollkommen ungeschminkt und erschrak. „Das soll ich sein? Nein, das kann nicht sein, ich habe mich doch heute Morgen geschminkt, das ganze Make-up, das Puder, der Lidschatten, der Lidstrich und die Wimperntusche ... Das kann doch nicht alles verschwunden sein ..."

Vielleicht war es ja nur das schlechte Licht auf dem Dachboden, das sie so schrecklich aussehen ließ! Schnell ging sie nach unten, um sich im Tageslicht zu betrachten.

Doch auch jetzt sah sie ihrem nackten Spiegelbild ins Gesicht. Eine optische Täuschung, ein Zerrspiegel, ein Faschingsartikel vielleicht?

„Nein", antwortete das Spiegelbild, „ich bin dein wahres Gesicht. So siehst du aus unter deiner dicken Schicht Schminke, und ich finde, dass du sehr hübsch bist!"

„Wie bitte? Hübsch? Ohne Schminke!? Das kann doch nur ein Witz sein!?", protestierte die Frau. Doch der Spiegel ließ nicht locker. „Was wäre, wenn sich die Frauen einen Tag lang nicht schminken würden, wenn alle Frauen auf der Welt einen Tag lang ungeschminkt durch die Gegend laufen würden, was würde dann passieren!?"

„Die Frauen würden sich ungeschminkt hässlich fühlen und niemand würde mehr Freude an seinem Spiegelbild haben."

„Du würdest dich hässlich fühlen, aber du würdest nicht hässlich sein, denn genau darum geht es: Du sollst erkennen, wer die Menschen wirklich sind, du sollst erkennen, wer du wirklich bist! Du sollst lernen, dass echte Schönheit von innen kommt."

„Na bravo, ein Spiegel, der mir gute Ratschläge erteilt ..."

Lisa ging mit dem Spiegel zur Großmutter, um ihn ihr vorzuführen. Die Großmutter war überrascht, denn als sie in den Spiegel blickte, sah ihr das jugendliche, mädchenhafte Gesicht entgegen, das schon lange unter ihren vielen Falten verborgen lag. Die Großmutter lächelte – was für ein schöner Anblick.

„Im Herzen bist du jung geblieben, alte Dame, das ist das Wichtigste überhaupt. Du kannst frohen Mutes in jeden Spiegel der Welt schauen, deine Augen werden immer strahlen, und niemand wird jemals auf die Idee kommen, dass du hässlich bist."

Der Spiegel hatte die Wahrheit gesprochen, die Großmutter war auch im Alter noch eine schöne Frau, doch hatte sie das selbst nie erkannt, zu sehr hatte sie sich dem jugendlichen Schönheitswahn unterworfen.

Lisa war verblüfft. Der Spiegel zeigte jedem Menschen ein anderes Gesicht. Zwar immer das eigene, aber immer auf eine ganz besondere Art und Weise. Der Spiegel verlangte, dass sie sich selbst erkennen sollte!? Was sollte das denn heißen!? Zu Hause dachte die junge Frau über die Aussage des Spiegels nach.

„Mein Name ist Lisa, ich bin 18 Jahre alt, und ich wohne in der Geranienstraße Nummer 7. Was sollte ich sonst noch über mich wissen?" Lisa grübelte. Schließlich nahm sie sich ein Blatt Papier zur Hand und schrieb alles auf, was sie über sich selbst dachte. Eigenschaften fielen ihr ein, gute und schlechte. Ihre Macken und ihre Gewohnheiten schrieb sie auf. Viele Gedanken gingen ihr durch den Kopf. Noch nie hatte sie so viel über sich selbst nachgedacht.

Vor dem Zubettgehen schminkte sie sich wie immer ab und betrachtete sich diesmal lange im Badezimmerspiegel.

„Der Spiegel hat recht, so übel sehe ich gar nicht aus. Vielleicht werde ich mich in Zukunft weniger schminken und nicht mehr ganz so dick auftragen ..."

Was für eine Erkenntnis! In der Nacht träumte Lisa von Permanent-Make-up und dass sie sich ihren Mund so groß schminken ließ, dass er nicht mehr in ihr Gesicht passte. Auf die Augenlieder klatschte sie sich so viel Lidschatten, dass sie die Augen nicht mehr aufmachen konnte. Was für ein Albtraum! Doch keine Panik, nicht alle Träume in den Raunächten gehen in Erfüllung, manche Träume sind auch einfach dazu da, um den Träumer auf Dinge aufmerksam zu machen, die nicht im Gleichgewicht sind.

Als Lisa am nächsten Morgen erwachte, rannte sie sofort zum Spiegel, um nachzusehen, ob das Schminkdesaster wirklich nur ein Traum war. Nach dem Erlebnis mit dem sprechenden Spiegel war sie auf alles Mögliche gefasst. Gott sei Dank! Sie sah ihrem ungeschminkten Gesicht entgegen und gewöhnte sich schön langsam wieder an ihr natürliches Aussehen.

Als sie sich am nächsten Tag mit ihren Freundinnen traf, war Lisa nur ganz dezent geschminkt. Die Veränderung fiel natürlich auf und wurde ernsthaft diskutiert. Insgesamt fanden alle Lisa mit ihrem schlichten Look ziemlich „cool" und wollten es ihr bald nachmachen. Das neue Jahr begann zwar nicht ungeschminkt, aber immerhin nicht mehr ganz so „maskiert“ wie früher. Die jungen Frauen sahen sich selbst wieder ähnlicher.

Beim nächsten Besuch bei der Großmutter gab es in ihrem Badezimmer wieder einen Spiegel. Der kleine Handspiegel war verstummt - er hatte seine Mission erfüllt. Sowohl die Großmutter als auch die Enkelin hatten sich selbst besser kennengelernt und freuten sich über das Wiedersehen.

Es wurde ein gutes neues Jahr, das mit der Erkenntnis begann, dass sich der Spiegel der Seele nicht durch Schminke oder Falten verdecken lässt.

Die elfte Raunacht erzählt.

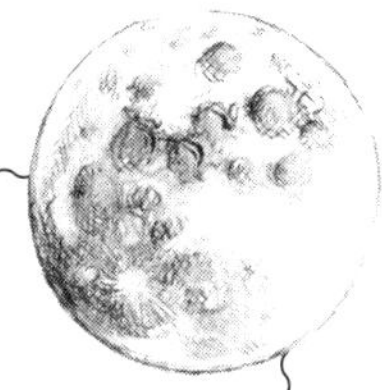

Elfte Raunacht: 3./4. Jänner
Traummonat: November
Was kann ich tun: dankbar sein, Beziehungen pflegen, sich selbst lieben

Vielleicht ist es Ihre Familie, oder es sind Ihre Freunde, für die Sie dankbar sind. Nutzen Sie die Gelegenheit, sich bei Ihren Liebsten für ihre Liebe und Freundschaft zu bedanken. Gute Beziehungen sind keine Selbstverständlichkeit. Sowohl eine Liebesbeziehung als auch eine Freundschaft will gepflegt werden. Überlegen Sie sich, was Sie im neuen Jahr für Ihre Beziehungen tun möchten. Rufen Sie heute noch Ihre Freunde an und sagen Sie Ihnen, wie froh Sie sind, dass es sie gibt. Sie werden sehen, wie überrascht sie reagieren und wie schön es ist, sich gegenseitig zu sagen, dass man sich gern hat.

Überdenken Sie bei der Gelegenheit auch gleich Ihre Beziehung zu sich selbst. Lieben Sie sich? Falls die Antwort nicht eindeutig ausfällt, dann machen Sie sich bewusst, was Sie tun können, um sich selbst noch mehr zu lieben. Manchmal sind es nur Kleinigkeiten im Leben, mit denen wir uns eine Freude machen können, oftmals reicht uns schon etwas Zeit, die wir uns selbst schenken. Die Raunächte bieten eine gute Gelegenheit, sich selbst ein bisschen näherzukommen.

Nutzen Sie diesen Tag für einen Jahresrückblick: Was war gut im Monat November des vorigen Jahres, und was war schlecht? Achten Sie wieder besonders auf Ihre Träume. Denn die Raunächte eröffnen uns einen Blick in die Zukunft. Was Sie heute Nacht träumen, betrifft den Monat November im neuen Jahr.

Der Dankes-Schreiber

Es war einmal … ein Kugelschreiber, der war etwas ganz Besonderes. Er sah zwar aus wie ein vollkommen normaler Kugelschreiber, doch hatte er ein Eigenleben und verstand es, den Menschen auf seine Art und Weise Gutes zu tun. In den Raunächten war es ihm möglich, seine Besitzer zu veranlassen, wahre Worte der Dankbarkeit niederzuschreiben und damit echte Gefühle zum Ausdruck zu bringen.

So kam es, dass dieser Kugelschreiber an einem Weihnachtsabend als Geschenk bei einem Mann landete, der seine Gefühle ganz gerne bei sich behielt. Er machte sich auch nichts aus Geschenken und so packte er seinen wunderbaren Kugelschreiber erst gar nicht aus. Das edle Schreibgerät war ein Geschenk seiner Frau, die diesen Kugelschreiber mit viel Liebe für ihren Mann ausgesucht hatte.

Am 4. Jänner nahm der Mann seinen neuen Kugelschreiber endlich zur Hand. Gerade noch rechtzeitig, denn die besondere Gabe des Schreibgerätes wirkte nur in den Raunächten. Ein Kreuzworträtsel sollte gelöst werden und da der Mann seinen alten Stift gerade nicht finden konnte, wurde der neue verwendet. Komisch, dachte der Mann, noch nie hatte er ein Kreuzworträtsel so schnell gelöst. Der Kugelschreiber half natürlich ein bisschen mit.

Plötzlich kam der Mann auf die Idee, einen Brief an seine Mutter zu schreiben. Das hatte er zum letzten Mal als Kind getan, als er auf Landschulwoche war. Ein seltsamer Schreibdrang überkam ihn.

„Liebe Mutter …“, begann er, und dann kamen ihm auf einmal ganz viele Dinge in den Sinn, für die er seiner Mutter dankbar war. Er schrieb und schrieb und schrieb – Stunden vergingen, der Brief war seitenlang geworden. Und wenn er seiner Mutter so einen himmellangen Brief schrieb, dann musste er für seinen Vater natürlich auch noch einen verfassen. Auch das Schriftstück an seinen Vater wurde ein liebevoller Dankesbrief, der von Herzen kam. Es war schon fast Mitternacht, seine Frau hatte bereits ein paar Mal ins Arbeitszimmer geschielt, was machte ihr Mann da bloß so lange?

Er schrieb. Mit Leidenschaft. Der Kugelschreiber hatte die Gabe, seinen menschlichen Schreiber das ausdrücken zu lassen, wofür er dankbar war. Doch die Zeit war knapp, die Raunächte dauerten nicht mehr lange, und so musste der Mann nun alle seine Dankesworte auf einmal aufschreiben, für alle lieben Menschen in seinem Leben.

Als Nächstes war seine Frau an der Reihe. Es wurde ein Liebesbrief, der die besondere Beziehung zu seiner Frau erstmals in Worte fasste. Die Kinder wurden auch nicht vergessen, selbst wenn es nicht immer einen Grund für den Vater gab, dankbar für ihr

Verhalten zu sein, fand er doch auch für sie gefühlvolle Worte. Seine Freunde sollten ebenfalls nicht leer ausgehen, und es folgten sogar noch Briefe an die Arbeitskollegen.

Der Mann schrieb die ganze Nacht hindurch, der Kugelschreiber flitzte nur so über die Seiten und brachte alles zu Papier, was schon lange im Herzen des Mannes geschlummert hatte. Das letzte Wort, das der Mann schrieb war „Danke". Es war ein Brief an sich selbst und er hatte sich zum ersten Mal in seinem Leben Gedanken darüber gemacht, dass er auch sich selbst dankbar sein konnte. Der Kugelschreiber war leer geschrieben und der Mann völlig erschöpft. Er schlief mit einem Gefühl der Glückseligkeit über seinen vielen Dankesbriefen ein.

Als ihn seine Frau am nächsten Morgen weckte, traute sie ihren Augen nicht. Ihr Mann hatte zehn Briefe geschrieben. Einer davon war für sie. Mit Tränen der Rührung in den Augen las sie die schönen Zeilen, die ihr Mann für sie verfasst hatte. Auch wenn er ihr bis jetzt diese Worte nie gesagt oder geschrieben hatte, wusste sie immer über seine Liebe Bescheid. Den wunderschönen Brief ihres Mannes hielt sie jedoch ein Leben lang in Ehren.

Alle Menschen, die von ihm Briefe erhielten, waren zutiefst ergriffen. Sie beschlossen, ebenfalls für ihre Lieben Briefe der Dankbarkeit zu verfassen, und so löste der Mann eine richtige Welle aus.

Die gute Frau

Es war einmal ... eine Frau, die war zu allen Menschen immer nett und freundlich. Kein böses Wort kam ihr über die Lippen und nie war sie in einen Streit verwickelt.

Eines Tages bekam die Frau fürchterliche Kreuzschmerzen. Ihre Schmerzen peinigten sie so stark, dass sie nicht einmal mehr aufstehen konnte und wochenlang ans Bett gefesselt war.

Es geschah in der Zeit der Raunächte, dass die Frau schließlich im Traum Besuch von einem Engel bekam. „Gute Frau, es ist sehr schön, dass du so lieb und nett zu deinen Mitmenschen bist. Doch das Leben ist nicht immer nur freundlich. Schau dir die Menschen an, die dich umgeben, die sind nicht immer nur gut zu dir. Sag ihnen ruhig einmal die Meinung! Du darfst auch einmal schlecht gelaunt sein und musst nicht immer die Verständnisvolle spielen. Dein Körper signalisiert dir, dass etwas nicht in Ordnung ist, du hast diese massiven Kreuzschmerzen bekommen, weil du in deinem Leben etwas ändern sollst. Zeige in Zukunft ein bisschen mehr Rückgrat! Sei einfach du selbst und richte dich nicht immer nur nach den anderen."

Die Worte des Engels berührten die Frau sehr stark, denn tief in ihrem Inneren wusste sie, dass der Engel recht hatte. Sie hatte sich ein Leben lang angepasst. Sie hatte sich nie gewehrt, hatte sich nie gegen etwas aufgelehnt, um nur ja von allen geliebt und akzeptiert zu werden.

Es war eine schwierige Aufgabe für sie, jemandem die Meinung zu sagen oder einfach einmal einen eigenen Standpunkt zu vertreten. Doch wenn sie gesund werden wollte, dann musste sie es wenigstens versuchen.

Am nächsten Tag bekam die Frau Besuch von ihrer Schwester. Es schien so, als ob sich die Geschwister zeit ihres Lebens gut verstanden hätten. Doch die „gute" Schwester hatte sich immer alles gefallen lassen, und die andere hatte das häufig ausgenutzt.

Heute war es besonders schlimm, die kranke Frau krümmte sich vor Schmerzen und wollte eigentlich keinen Besuch mehr empfangen. Als die Schwester sich zu ihr ans Bett setzte und wie so oft begann, von ihren eigenen Sorgen zu erzählen, fiel der guten Frau der Schutzengel-Traum wieder ein. „Liebe Schwester", unterbrach sie den Redeschwall des Plappermauls, „Mir geht es nicht gut, und ich möchte gerne schlafen, ich danke dir für deinen Besuch, aber ich bitte dich, jetzt zu gehen."

Die Schwester war zwar verblüfft, aber akzeptierte den Wunsch der Kranken und verabschiedete sich schnell.

Ein neues, eigenartiges Gefühl der Freude breitete sich im Körper der guten Frau aus. Sie hatte soeben zum ersten Mal in ihrem Leben auf ihre innere Stimme gehört, ihre Bedürfnisse erkannt und diese auch laut ausgesprochen. Es war so einfach, und es sah auch nicht so aus, als ob die Schwester deswegen böse auf sie war. Nun hatte sie nicht nur eine neue Erfahrung gemacht, sondern auch eine wirksame Heilmethode gefunden, denn seit langer Zeit gelang es der kreuzmaroden Frau zum ersten Mal, sich ohne Schmerzen im Bett aufzurichten.

Von diesem Tag an nutzte die gute Frau jede Gelegenheit, um zu üben, zu sich selbst zu stehen und ihrer Meinung und ihren Gefühlen Ausdruck zu verleihen. Mit jedem Mal, wo ihr das gelang, lebte sie auf. Ihre Kreuzschmerzen verschwanden mit der Zeit und schließlich wurde die Frau wieder ganz gesund.

Natürlich war sie noch immer eine „gute" Frau und hatte ein warmes Herz. Doch sie ließ sich nicht mehr alles gefallen und hatte gelernt, dass sie, auch wenn sie nicht immer derselben Meinung war wie der Rest der Welt, trotzdem geliebt wurde und nichts Schlimmes passierte. Diese Erkenntnis gab ihr die Kraft, ihren neuen Weg weiterzugehen und mehr auf sich selbst und ihre eigene Meinung zu achten und damit sich selbst zu lieben. Anfangs war das sehr schwer, denn oft hatte die Frau gar keine eigene Meinung und musste lange in sich hineinhören, bis ihr klar wurde, was sie selbst empfand. Zu lange hatte sie sich der Gesellschaft angepasst und ihre Gefühle des lieben Friedens willen unterdrückt.

Sie blühte auf und auch ihrem Umfeld blieb ihre Veränderung nicht verborgen. Ihr neuer Wesenszug wurde sehr geschätzt und der Umstand, dass sie gelernt hatte, auch einmal „Nein" zu sagen, brachte ihr großen Respekt ein. So lebte die gute Frau glücklich und zufrieden, und wenn sie nicht gestorben ist, dann sagt sie auch heute noch das, was sie denkt, und wird nicht müde, zu sich selbst und ihrer Meinung zu stehen.

Der Liebeszauber

Es waren einmal … zwei junge Leute, die sich sehr liebten. Schon in der Kindheit hatten sie einander gern. Es war eine wahrhaft große Liebe, die sie füreinander empfanden. Doch wie das Leben so spielt, durften die beiden nicht heiraten. Die Eltern des Mädchens hatten andere Pläne für die Tochter – eine Hochzeit mit einem anderen war bereits arrangiert. Die Eltern des Mädchens waren hoch verschuldet und so „verkauften" sie ihre schöne junge Tochter an jenen Bauern, bei dem sie in der Kreide standen. Die Vermählung sollte bereits in den ersten Jännertagen stattfinden, damit der „Handel" unter Dach und Fach gebracht werden konnte und das Mädchen nicht auf den dummen Gedanken kam, vielleicht doch noch mit seinem Liebsten durchzubrennen.

Das Mädchen war todtraurig und auch der junge Mann kränkte sich sehr darüber, dass er bald nicht mehr mit seiner Liebsten zusammen sein durfte. Die beiden trafen sich immer heimlich unter einer mächtigen alten Linde in einem nahen Wald, hier konnten sie für wenige Stunden miteinander glücklich sein.

Es nahte der Tag, da das Mädchen Hochzeit mit einem anderen Mann feiern sollte. In seiner Verzweiflung wollte es sich das Leben nehmen. Es lief zum Fluss und war kurz davor, sich hineinzustürzen. Doch der Fluss sprach zu ihm: „Mach keinen Unsinn! Deine Liebe ist so groß, ich kann sie spüren, verschwende dein junges Leben nicht mit einem frühen Tod, sei dir gewiss, auf der anderen Seite geht es dir nicht besser, auch dort wirst du vor Sehnsucht vergehen. Bedenke, du stürzt auch deinen Liebsten ins Unglück, der deinen Tod nicht verschmerzen können wird."

Das Mädchen hielt inne. Die Worte des Flusses machten es nachdenklich. „Aber was soll ich denn nur tun? Meinen Liebsten darf ich nicht heiraten und den Mann, den mir meine Eltern zugedacht haben, will ich nicht heiraten. Da nehme ich mir lieber das Leben und habe meinen Frieden."

Der Fluss gab nicht auf: „Mädchen, du kannst deinem Schicksal nicht durch den Tod entrinnen. Jetzt glaubst du es noch, doch wisse, ich habe schon viele Menschen erlebt, die sich in mir das Leben nahmen, sie alle sind auf der anderen Seite aufgewacht und haben dort genau dasselbe gefühlt wie zu ihren Lebzeiten. Den Tod gibt es nicht, es ist nur eine andere Welt, in die du gehst, aber deine Sorgen und Probleme löst der Tod auf keinen Fall."

So hatte das Mädchen das Sterben noch nie gesehen. Es hatte immer gedacht, der Tod sei der letzte Ausweg. „Lieber Fluss, ich danke dir für deine Worte. Aber gibt es denn eine andere Möglichkeit als den Tod für mich? Hast du vielleicht einen Rat, wie ich meine ausweglose Situation doch noch meistern kann? Denn wie soll ich jemals glücklich werden, wenn ich nicht den lieben darf, dem mein Herz gehört?"

Der Fluss sprach: „Du hast Glück, denn in den Raunächten haben wir auf der Erde Besuch von vielen Geistern, Feenwesen und Lichtgestalten. Vielleicht kann dir die Liebesfee in deiner Not helfen. Geh heute um Mitternacht in den Wald, an den Platz, an dem du dich immer mit deinem Liebsten triffst. Dort wird eine Fee auf dich warten."

Das Mädchen bedankte sich beim Fluss und schöpfte neue Hoffnung. Um Punkt Mitternacht fand es sich an besagtem Platz im Wald ein. Und wirklich, kurze Zeit später kam die Fee in Form einer rosarot funkelnden Lichtgestalt auf sie zu. Das Mädchen spürte die Liebe und das unendliche Wohlwollen, das von diesem Wesen ausging.

Die Fee der Liebe sprach: „Mein Freund, der Fluss, hat mir von dir erzählt. Wie ich hörte, bist du unglücklich und darfst mit deinem Liebsten die große Liebe nicht leben. Das ist wirklich eine schlimme Sache. Doch ich darf dein Schicksal nicht ändern. Aber ich sehe auch, wie groß deine Liebe ist und es ist bedenklich, dass du dir deswegen sogar das Leben nehmen wolltest. Ich bin froh, dass dich der Fluss davor bewahrt hat, diesen Schritt zu tun! Wir können eine andere Lösung finden. In den Raunächten ist vieles möglich, komm morgen wieder, zur selben Zeit, dann habe ich vielleicht einen Rat für dich."

Tags darauf, es war der dritte Tag des neuen Jahres, ging das Mädchen wieder in den Wald, um die Fee der Liebe zu treffen. Diesmal war auch die Baumfee zugegen.

Die Fee der Liebe begann zu sprechen: „Liebes Mädchen, wir haben einen Vorschlag für dich. Da ihr zwei Verliebten als Menschen nicht zusammen sein dürft, haben wir eine andere Idee des Miteinanders für euch gefunden. Ich habe mit der Baumfee gesprochen, sie kann dich und deinen Liebsten in Bäume verwandeln. So könntet ihr für immer zusammen sein und gemeinsam glücklich werden. Überlege es dir, und sprich mit deinem Liebsten, ihr müsst beide dazu bereit sein. Und bedenke: Als Baum zu leben, ist auf alle Fälle besser als der Tod."

Das Mädchen war traurig. Der Vorschlag der Fee verwirrte es. Aber noch am selben Abend traf es seinen Liebsten, der, wie er nun gestand, ebenfalls beim Fluss gewesen war und sich vor lauter Kummer hineinstürzen wollte. Auch ihm hatte der Fluss vom Freitod abgeraten, und auch er ließ sich umstimmen und war nicht hineingesprungen. Als der junge Liebende die Idee der Baumverwandlung hörte, erhellte sich sein Gemüt. Seine Liebe war sehr stark, und ihm war es egal, in welcher Form er mit seiner Liebsten zusammen war – Hauptsache, in Liebe vereint!

So gingen die beiden Liebenden in der folgenden Nacht in den Wald zu ihrem Liebesplatz und trafen dort die Fee der Liebe und die Baumfee. Ihr Entschluss stand fest. Die beiden wollten ihre menschliche Gestalt aufgeben, um in Zukunft als Bäume zusammenzuleben.

Ein großer Zauber ging durch diese Nacht. Die Fee der Liebe malte einen lichten Kreis auf den Waldboden, in den sich die Liebenden hineinstellten. Sie umarmten sich fest und küssten sich ein letztes Mal, während der Zauber der Transformation begann. Die Baumfee berührte die beiden Menschenkinder mit ihren Zauberästen und ließ sie als Bäume in die Erde und in den Himmel wachsen. Zwei in sich verschlungene Bäume standen nun an der Stelle, an der unser Liebespaar sich dem Zauber der Raunächte hingegeben hatte. Das Liebespaar wurde in zwei ineinander verschlungene Eichen verwandelt, die bekanntlich Jahrhunderte überdauern.

Im Menschenreich war das Verschwinden der jungen Leute ein Rätsel. „Vielleicht sind sie ins Wasser gegangen", wurde gemunkelt. Aber dann hätte man doch ihre Leichen gefunden. Niemand konnte sich ihr Verschwinden erklären. „Oder sie sind zusammen durchgebrannt", hieß es, aber nein, das konnte nicht sein, denn aus ihren Kammern fehlte nichts, alles Hab und Gut der beiden war zurückgeblieben.

Nur der Fluss, die Fee der Liebe und die Baumfee wussten, wo sich die Liebenden befanden: an ihrem Lieblingsplatz im Wald, vereint für immer und ewig. Die verliebten Bäume wuchsen mit den Jahren immer näher zusammen. Sogar ihre Wurzeln waren fest umschlungen. Jedes Jahr in den Raunächten bekommen die verliebten Bäume die Möglichkeit, für zwölf Nächte ihre menschliche Gestalt anzunehmen. In dieser Zeit sieht man das Paar als Mann und Frau im Wald umherhuschen.

Wer im Wald verschlungen gewachsene Bäume sieht, sollte bedenken: Sie könnten ein Liebespaar sein, das im menschlichen Leben nicht zusammenkommen konnte.

Die zwölfte Raunacht erzählt.

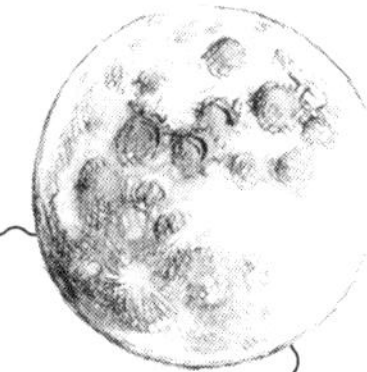

Zwölfte Raunacht: 4./5. Jänner
Traummonat: Dezember
Was kann ich tun: glauben, vertrauen, Licht- und Schattenseiten bewusst machen

Die letzte Raunacht bietet eine gute Möglichkeit, sich noch einmal bewusst Zeit zu nehmen und die vergangenen Tage Revue passieren zu lassen. Lesen Sie sich die Aufzeichnungen Ihres Raunächtetagebuchs durch und lassen Sie die Einträge auf sich wirken.

Vielleicht haben Sie zum ersten Mal die Raunächte bewusst erlebt und konnten selbst spüren, dass diese Zeit im Jahr eine besondere Qualität besitzt, die wir, wenn wir uns darauf einlassen, sehr gut für eine Innenschau nutzen können.

Am Abend des 5. Jänner finden vielerorts Perchtenumzüge statt. Frau Percht zieht noch ein letztes Mal mit ihrer Schar an Kinderseelen oder mit dem Wilden Heer durchs Land. Frau Percht symbolisiert gleichzeitig Licht und Schatten. Auch wir tragen Licht und Schatten in uns. Versuchen Sie, heute Ihre Schattenseiten „ans Licht“ zu bringen.

Die wilden Perchten treiben den Winter aus und sind oft wirklich zum Fürchten. Sie sind auch Sinnbild dafür, den Winter zu verabschieden und den Frühling einzuladen. Fragen Sie sich heute: Was möchten Sie in Ihrem Leben verabschieden und was möchten Sie einladen? Heute ist ein guter Tag, sich darüber Gedanken zu machen.

Das Licht hat über die Dunkelheit gesiegt, am 5. Jänner sind die Tage schon wieder etwas länger. Sehen Sie diesen Tag auch als Tag der Hoffnung. Der 5. Jänner ist ein schönes Symbol dafür, dass es immer wieder aufwärts geht im Leben.

Nutzen Sie auch diesen Tag für einen Jahresrückblick: Was war gut im vergangenen Monat Dezember, und was war schlecht? Achten Sie wieder besonders auf Ihre Träume. Denn die Raunächte eröffnen uns immer wieder einen Blick in die Zukunft. Was Sie heute Nacht träumen, betrifft den Monat Dezember im neuen Jahr.

Frau Percht geht um

Es war einmal ... in einer der letzten Raunächte. Draußen war es klirrend kalt. Es lag viel Schnee und die Menschen freuten sich, wenn sie in ihren warmen Behausungen bleiben konnten und das Haus nicht verlassen mussten. Es stürmte und schneite in dieser Nacht besonders stark und niemand wollte einen Schritt vor die Haustür setzen.

Am Bauernhof waren alle in der guten Stube versammelt und erzählten sich Geschichten von früher. Die Leute am Hof vertrieben sich damit die Zeit und genossen es, die Abende gemeinsam zu verbringen.

Es war schon spät, als es plötzlich an der Tür klopfte. Der Bauernhof war bekannt für seine Gastfreundschaft, doch dass an jenem stürmischen Winterabend noch jemand an die Tür klopfen würde, damit hatte niemand gerechnet. Der Bauer öffnete.

„Wer da?", rief er in das weiße Schneetreiben hinaus. Er konnte jedoch niemanden erkennen. Kaum hatte er die Tür hinter sich geschlossen, klopfte es wieder. Noch einmal öffnete der Bauer und wieder war kein Mensch zu sehen.

Jetzt gruselte es den Bauern schon ein wenig und er rief nach seinen Knechten, sie sollten ums Haus gehen und nachschauen, ob denn auch alles mit rechten Dingen zuginge. Die Mägde tuschelten und malten sich unheimliche Geschichten aus. Auch der Bauer hatte ein mulmiges Gefühl im Bauch und war froh, als seine Knechte Entwarnung gaben. Es war weit und breit niemand zu sehen – weder hinter noch vor dem Hof. Kaum saß der Bauer wieder gemütlich mit seinen Leuten zusammen, klopfte es abermals an der Tür. Jetzt wurde es ihm schön langsam zu bunt. Er konnte sich diesen Spuk nicht erklären und fragte die älteste seiner Mägde um Rat, was es denn mit dem Klopfen auf sich haben könnte.

Die Alte dachte eine Weile nach. Was konnten die Klopfzeichen wohl bedeuten?

„Hast du für die Frau Percht auch eine Schüssel mit Milch und Brot vor die Tür gestellt?", fragte die alte Magd den Bauern.

„Nein, das habe ich nicht, aber bei dem Wetter wird doch nicht einmal die Frau Percht umherziehen!?"

Da hatte sich der Bauer aber getäuscht, denn Frau Percht lässt sich auch vom schlimmsten Wetter nicht abhalten.

Sofort wurde eine Schüssel mit Milch und Brotstücken vor die Tür gestellt, dazu wurden die gesamten Löffel des Hofes gelegt, denn es heißt, die Frau Percht komme nicht alleine zu Besuch in den Raunächten, sondern mit ihrem Gefolge von Seelen ungetauft gestorbener Kinder. Die Kinderseelen sind die Begleiter der Frau Percht, die darauf warten, wieder auf der Erde geboren zu werden, und die am liebsten zu gastfreundlichen Leuten kommen.

Am Hof wünschte man sich nichts sehnlicher als Nachwuchs, doch die Familie war bis jetzt noch nicht mit Kindern gesegnet worden. Die alte Magd war zuversichtlich, wenn Frau Percht an die Tür klopft, dann würde es im neuen Jahr auch Kindersegen am Hof geben.

Und wirklich, Frau Percht hatte schon auf ihre Verpflegung gewartet. Nachdem Milch und Brot vor die Tür gestellt worden waren, hörte auch das Klopfen auf. Die alte Magd riet dem Bauern, nicht nach Frau Percht Ausschau zu halten, denn sie komme am liebsten still und leise mit ihren Kindlein vorbei.

Als der Bauer am nächsten Tag vor die Tür trat, fand er die Schüssel leer, die Löffel lagen fein säuberlich aufgereiht im Schnee, und an einem davon befand sich ein rosarotes Schleifchen, ein Haarband, wie es kleine Mädchen gerne tragen.

Dieses Band brachte der Bauer seiner Frau, die das Zeichen wohl zu deuten wusste. Im selben Jahr gebar die Bäuerin ein kleines Mädchen und war glücklich über den schon so lange erhofften Kindersegen.

Ab diesem Zeitpunkt stellten die Bauersleute jedes Jahr in den Raunächten der Frau Percht ihre Perchtmilch vor die Tür, und jedes Jahr wurde die Bauernfamilie auch um ein Kind reicher.

So geschah es, dass dieser Hof bald bekannt war für seinen Kindersegen, und die Frauen aus der Umgebung kamen, um die Bäuerin um Rat zu fragen. Sie gab den Frauen das Geheimnis ihrer Fruchtbarkeit mit auf den Weg und viele von ihnen stellten im nächsten Jahr ebenfalls die Perchtmilch vor die Tür. Das gesamte Tal wurde immer fruchtbarer und menschenreicher.

Frau Percht freute sich, dass sie willkommen geheißen und mit Speis und Trank verköstigt wurde. Und manchmal besuchte sie auch persönlich die Häuser und sah nach dem Rechten, aber das ist eine andere Geschichte ...

Der Besuch der Frau Percht

Es war einmal ... eine arme Bauernfamilie, die lebte auf einem weit abgelegenen Hof und hatte große Sorge, ob die Vorräte und das Brennholz noch reichen würden, um über den Winter zu kommen. Es war ein besonders strenger Winter und die gute Bauersfrau bekümmerte sich sehr über Hof und Familie.

Eines Abends klopfte es an der Tür der frommen Leute. Eine alte Bettlerin stand jammernd draußen und bat um ein paar Almosen. Die Bauersfrau hatte ein gutes Herz und lud die Alte ein, in die warme Stube einzutreten. Und obwohl die

Bauersleute selbst nicht viel zu essen hatten, verköstigten sie die alte Frau und boten ihr auch noch ein Lager für die Nacht an.

Als die Bauersfrau die Bettlerin am nächsten Tag wecken wollte, war sie bereits verschwunden. Sie wollte wohl schon bald aufbrechen, dachte sie, und wunderte sich noch, dass die Alte grußlos den Hof verlassen hatte.

Bald darauf ging die Bäuerin in den Hühnerstall, um die Hennen zu füttern. Was sie hier fand, ließ sie Schreie des Entzückens von sich geben. Denn im Hühnerstall entdeckte die gute Frau drei Eier aus purem Gold. Sie konnte ihr Glück kaum fassen und rannte sofort ins Haus, um dem Bauern die gute Nachricht zu verkünden.

Die alte Bettlerin war niemand anderes als Frau Percht gewesen, die in der Zeit der Raunächte auf der Erde herumwandelt, um die Menschen zu prüfen. Die „Guten" werden belohnt und die „Schlechten" werden zur Umkehr ermahnt. Die Bauersfrau wurde von Frau Percht für ihre Gastfreundschaft reich beschenkt. Die Armut der Bauersleute war von nun an vorbei.

Ein Jahr später kam Frau Percht wieder am Hof vorbei, um die Bauersleute zu besuchen und nachzusehen, was denn aus der armen Familie geworden war, die so plötzlich zu großem Reichtum gekommen war.

In diesem Jahr erschien sie nicht als Bettlerin, sondern als entfernte Verwandte. Auch diesmal öffnete ihr die Bauersfrau die Tür, und auch diesmal wurde sie freudig hereingebeten.

Das Gold und der Reichtum hatten das Herz der Bäuerin nicht verändert, sie war dieselbe gute Frau geblieben. Frau Percht blieb nur eine Nacht. Zufrieden zog sie fort, um in den Häusern und Seelen der Menschen auf der Erde weiter nach dem Rechten zu sehen.

Von einem, der auszog, Frau Percht zu suchen

Es war einmal ... in einer der letzten Raunächte, da saßen die Bauersleute und das Gesinde wieder einmal zusammen in der guten Stube und lauschten den Geschichten der alten Frauen und Männer am Hof, was sie alles zu erzählen hatten über die Raunächte und über Frau Percht, die in dieser Zeit durch die Lande zieht.

Doch da gab es zwei blutjunge Knechte, die wussten nichts anzufangen mit den alten Geschichten. „Immer wieder die alte Leier ...", jammerte der eine und verdrehte die Augen. „Mir geht das auch schon auf die Nerven, immer dieselben Geschichten, und dann kommt auch noch die Frau Percht, die gibt es doch gar nicht!" Der zweite Knecht hatte etwas zu laut gesprochen, denn die alte Geschichtenerzählerin stockte und sah ihn scharf an.

„Wer behauptet da, dass es die Frau Percht nicht gibt?", fragte sie und wusste genau, wen sie damit meinte.

Der junge Knecht stand zu seinem Wort und brüstete sich mit seinem Zweifel an der Echtheit der Frau Percht.

„Wenn du nicht an die Frau Percht glaubst, dann rate ich dir, geh heute um Mitternacht in den Wald zu der alten Eiche an der Weggabelung, versteck dich hinter dem Baum und warte. Du wirst Frau Percht mit ihrer Kinderschar sehen, doch nimm dich in Acht vor ihr, sie kann deine Gedanken lesen und weiß alles über dich."

Der Knecht lachte und verhöhnte die Alte: „Na, was du nicht sagst, um Mitternacht, da muss ich mich ja wohl beeilen, damit ich heute die Frau Percht noch treffe."

„Kommst du mit?", fragte er seinen Freund, der es jetzt schon ein bisschen mit der Angst zu tun bekam. In den Raunächten in den Wald zu gehen, war keine gute Idee, und wer nicht unbedingt gezwungen war, nach Einbruch der Dunkelheit den Hof zu verlassen, dem kam das auch nicht freiwillig in den Sinn.

„Also gut, dann gehe ich eben alleine!" Der Knecht war überzeugt davon, dass alle Gruselgeschichten rund um die Raunächte frei erfunden waren und dass auch Frau Percht ein Hirngespinst der alten Weiber am Hof war.

Das wollte er jetzt beweisen und ging mitten in der Nacht in den Wald. Es war kurz vor Mitternacht, als er die alte Eiche an der Weggabelung im Wald erreichte. Warum sollte er sich verstecken? Spukgestalten würde er keine treffen und Wölfe gab es in der Gegend schon lange nicht mehr. So lehnte er sich rücklings gegen den Baum und beobachtete den Sternenhimmel. Kurz darauf überfiel ihn eine unsagbare Schwere und Müdigkeit, und schließlich schlief er im Stehen ein. Sein Schlaf sollte aber nicht lange dauern. Bald wurde er durch ein leises Gemurmel wieder wach. Er vernahm viele verschiedene Kinderstimmchen, die wirr durcheinander sprachen. Er konnte kein Wort davon verstehen.

Als der Knecht die Augen aufmachte, bekam er einen Riesenschreck. Er war an den Baum gefesselt und rund um ihn tanzten kleine, durchsichtige Kinder Ringelreihe. Die Geisterkinder hatten sichtlich Spaß, als sie bemerkten, dass der Erdling erwacht war und sich immer mehr und mehr zu fürchten begann.

Wie aus dem Nichts tauchte plötzlich eine weiße Lichtgestalt vor den Augen des

Knechts auf, vor lauter Grauen konnte der arme Bursch nicht einmal schreien, Mund und Augen standen ihm weit offen und die Knie zitterten ihm vor Angst. Die Lichtgestalt kam näher und der Knecht erkannte eine wunderschöne Frau, die ihn milde anlächelte.

„Hab keine Angst, junger Mann", sprach das Lichtwesen. Mit einer sanften Handbewegung löste es die Fesseln des jungen Mannes und zog weiter, die Kinderschar war verstummt und ging nun wortlos hinter dem lichten Wesen her.

Der Knecht nahm jetzt seinen ganzen Mut zusammen und rief der lichten Frau hinterher: „Bist du die Frau Percht?"

Die Gestalt blieb stehen und die Geisterkinder fingen an zu kichern. „Ja, das bin ich. Ich bin Frau Percht und bringe euch Menschen das Licht zurück auf die Erde. Gemeinsam mit meiner Kinderschar ziehe ich durchs Land und erinnere das Erdreich zu meinen Füßen daran, dass es bald wieder Frucht bringen soll. Ich lade die Sonne dazu ein, wieder länger bei euch zu verweilen, und ich sorge dafür, dass der Winter euch bald wieder verlässt. Doch ich schaue auch in die Herzen der Menschen und sage ihnen, was in ihrem Innersten nicht stimmt. Bei dir sehe ich viel Unglaube, Zweifel und Hass. Versuche, deinen Unglauben in Glauben umzuwandeln, deine Zweifel in Vertrauen und deinen Hass in Liebe, dann lebst du leichter und deine Mitmenschen können dich auch besser leiden."

Frau Percht hatte gesprochen und der junge Knecht fiel wieder zurück in seinen unwirklichen Schlaf. Als er Stunden später erwachte, glaubte er, die Begegnung mit Frau Percht nur geträumt zu haben. Das konnte doch nicht wahr sein, dass es Frau Percht wirklich gab. Ebenso die Geisterkinder, die ihn gefesselt hatten und rund um ihn einen Tanz aufgeführt hatten.

Doch dann erschrak der Bursche abermals, am Fuße der Eiche sah er die feinen Silberfäden liegen, mit deren Hilfe ihn die Kinder der Frau Percht an dem Baum festgebunden hatten. Er sammelte die Fäden auf und steckte sie in die Hosentasche.

Geläutert von der nächtlichen Begegnung, machte sich der Knecht auf den Heimweg. Am Hof wartete man schon gespannt auf den mutigen Kerl, der sich in den Raunächten in den Wald getraut hatte. Aus dem ungläubigen Burschen war ein überzeugter Frau-Percht-Bekenner geworden. Er entschuldigte sich bei der alten Geschichtenerzählerin für sein dummes Gerede und schenkte ihr als Eingeständnis seines Glaubens an die Echtheit ihrer Erzählungen die silbernen Fäden.

Die alte Frau staunte sehr über dieses überirdische Geschenk. Die silbernen Fäden der Geisterkinder wurden in einen Teppich eingewebt und brachten dem Hof noch lange Glück, Segen und Fruchtbarkeit.

Zeit seines Lebens hatte der Knecht Ehrfurcht vor den Raunächten und der Frau Percht, die sich jedes Jahr aufs Neue auf die Erde begibt, um uns Menschen das Licht wiederzubringen.

Schlussbemerkung

Das Buch endet hier, jedoch nicht Ihre Erfahrungen rund um die Raunächte! Sie können dieses Buch jedes Jahr erneut zur Hand nehmen und es als Reiseführer durch die zwölf heiligen Nächte im Jahr verwenden.

Es freut mich, wenn Ihnen mein Märchenbuch ein wenig dabei geholfen hat, zur Ruhe zu kommen und ein bisschen abzuschalten. Und vielleicht haben sich auch bei Ihnen kleine Wunder in den Raunächten ergeben.

Ich freue mich auch über Ihr Feedback und Ihre Gedanken! Wenn Sie mich daran teilhaben lassen möchten, dann schreiben Sie mir unter DieMaerchenfee@gmail.com eine E-Mail und erzählen mir von Ihren Erfahrungen und besonderen Begebenheiten in den Raunächten.

Märchenhafte Grüße sendet Ihnen

Ihre
Nina Stögmüller

Foto: Robert Versic

Nina Stögmüller

geboren 1972, lebt in Linz. Die begeisterte Schreiberin und Buchautorin arbeitet seit 19 Jahren im Pressebereich. 1999 wurde sie leitende Redakteurin im OÖ. Landespressedienst. 2005 wechselte sie in die Abteilung Öffentlichkeitsarbeit der Oberösterreichischen Landesmuseen. Seit 2008 ist Nina Stögmüller Pressesprecherin der VKB-Bank und leitet hier den Bereich Presse & PR. Sie schreibt neben Märchen und Kurzgeschichten auch Gedichte.

Literatur:

Prillinger Franz: *Rauhnächte aus der Überlieferung der Laakirchner Gegend,* Heimatgaue Jahrgang 3, 1922.
Reinhard Kriechbaum, *Weihnachtsbräuche in Österreich,* Verlag Anton Pustet, 2010.
Jeanne Ruland, *Das Geheimnis der Rauhnächte,* Schirner Verlag, 2010.
Reinhard Stiehle, *Das Rätsel der Rauhnächte,* Chiron Verlag, 2011.

Impressum

Bibliografische Information der Deutschen Nationalbibliothek
Die Deutsche Nationalbibliothek verzeichnet diese Publikation
in der Deutschen Nationalbibliografie; detaillierte bibliografische
Daten sind im Internet über http://dnb.d-nb.de abrufbar.

Bergstraße 12
5020 Salzburg

Illustrationen: Stefan Kahlhammer
Titelillustration: © Konstanttin 2012, mit Genehmigung von Shutterstock.com

Grafik, Satz und Produktion: Tanja Kühnel
Lektorat: Martina Schneider
Gedruckt in der EU

ISBN 978-3-7025-0867-8
Auch als eBook erhältlich
e-ISBN 978-3-7025-8004-9

www.pustet.at